말하고 싶은 것과
말하고 싶지 않은 것

말하고 싶은 것과
말하고 싶지 않은 것

권현옥 수필집

도서
출판 북인

산책하듯 안단테 안단테

괴로울 때도 많았지만 버틴 걸 보면 좋아하는 일을 했나보다.

무심히 흘러가는 시간을 팽팽히 잡고 있느라 긴장도 했다. 내 것이라고 당겨야 내 것이 되는 시간, 틈새에 끼어 맥없어 보이는 시간을 건져내기도 했다. 깊은 생각과 시원한 상상에 대한 갈증은 늘 남았고 얕고 어설픈 것들은 재바르게 뛰쳐나갔다. 그러나 '가짜'는 아니다. 내 깜냥깜냥 글을 썼다.

어질머리가 났어도 마음 한번 털고 나면 흥얼거리고 있었다.

수필잡지 편집일도 20년 해왔다. 함께 일한 문우들은 인생의 동반자다. 니체가 말하는 '나는 어떤 사람인가'를 알게 해주었다. 사이다처럼 가까운 맛에서 먼 맛 데킬라까지 다양한 자극을 주고받은 친구다. 호흡이 서로에게 스며든 사이다. 참 고맙다.

내 스스로 찍은 발자국도, 뭔가에 떠밀리듯 찍힌 발자국도 내 삶이다. '스스로'와 '떠밀린 것'과의 경계는 노와 물살의 관계였다. 떠밀리듯 한 일이라면 대부분 원고 마감에 맞추어 쓴 글과 책임감으로 한 잡지사 일이다. 그 덕에 예상치 않은 발자국도 뗄 수 있었고 나 이상의 나를 발견하며 나를 읽어내기 좋은 시간이 되기도 했다.

비교나 값으로 따지기 모호하여 다행인 글쓰기, 그러나 제주올레 길에서 만난 파란 화살표가 매번 반가웠던 것처럼 이 길도 그랬다. 맞구나 이 길이….

글을 쓰고 나면 회복기 환자처럼 식욕도 돌았다. 어느 곳에서나 불쑥 불쑥 쫓아다니던 허무감이나 가볍기 짝이 없는 행복감도 차분해졌다.

삶은 한 매듭마다 몸을 오므리게 했지만 수필 쓰기는 산책하는 발걸음에 안단테 안단테를 불러주었다. 그래서 여기까지 왔다.

4번째 수필집을 낸다. 책, 글, 사물, 사람, 일상에 대한 생각을 썼다. '진지하거나 소심하거나' '낯설거나 새롭거나' '짧거나 충분하거

나' '익숙하거나 여전하거나' '시원하거나 쓸쓸하거나'의 엇나간 감정
으로 나누어보았다. 내 스스로의 재미를 위해.

글을 쓸 수 있게 해준 모든 여건에 더없이 고맙게 생각하며….

2022년 초가을

권현옥

차례

제1장

진지하거나 소심하거나

❀ 의심과 무례함이 없는 날, '이제껏 뭐하느라'라는 죄책감마저 드는
날, 책을 만난다.
                                                    ―「한 줄의 가치」

초록 고사리

씹고 있으면 입 안이 토굴 같았다. 흙의 습도가 와닿고 진갈색의 흙 맛이 났다.

지렁이 같다며 쳐다보지도 않던 고사리였다. 어른들의 음식이라 생각해 멀게 느껴졌고 제사가 떠오르면서 죽은 자의 음식 같았다. 그러던 고사리를 먹기 시작했다.

두려워한 맛을 이겨내고 신기한 맛을 알게 되고, 괜찮은 맛을 지나 들기름 풍미가 고사리와 그토록 잘 교합하는지를 알게 되었다. 육즙처럼 스몄다가 나오는 집 간장의 향이 고사리와 그토록 잘 어울리는 동색임을 알게 되었을 때는 결혼하고 한참이 지나서였다. 그 즈음 어머니의 무릎이 흔들리고 있었다.

"파, 마늘 아무것도 넣지 마라. 들기름과 집 간장 말고는."

어머니는 만날 때마다 고사리를 내놓으며 명령하셨다. 검은 봉투가 어머니 손에 들려나왔는데 그 모습은 자랑스럽다 못해 당당했다.

●

그렇다 해도 반가운 고사리였다. 중국산 고사리 맛이 하품이고, 국산이라 해도 시중의 것은 고작 중품이었다. 짧고 굵직하고 부드럽고 진한, 검은 봉투 속의 고사리만 명품이었다. 분주한 젓가락질과 후렴구같이 반복되는 맛에 대한 찬사로 어머니는 흐뭇해하셨다.

30년 정도 먹었을 때 어머니는 고사리 꺾는 달인이 되어갔고 우리의 미각도 고수가 될 즈음, 고사리를 맛으로 먹기엔 조금씩 화가 나기 시작했다. 들기름과 집 간장에 자작자작 볶아낸 고사리에서 흙과 산 냄새 말고도 어머니의 굽어진 손 마디에서 나는 듯한 쿰쿰한 냄새도 나기 시작했다. 산의 경사를 무릅쓰고 한 줄기 한 줄기 꺾으며 올라가는 마른 무릎에서 나는 듯한, 버티느라 안간힘을 쓴, 쓴내마저 느껴졌다.

어머니가 하루 종일 전화를 안 받아 119에 신고한 날, 새벽 5시에 일어나서 산에 가셨다는 말이, 고사리가 너무 많아서 재미있었다는 말이, 욕심이 나 자꾸만 산 위로 산 위로 깊이 깊이 들어가셨다는 말이, 점심도 굶고 꺾다보니 너무 무거워 집에 간신히 걸어왔다는 말이… 고사리 맛을 무겁게 했다. 자식에게 줄 욕심과, 당신이 알고 있는 그 고사리 자락을 그냥 놔둘 수 없는 집착, "심심한데 뭐 하냐"는 말은 고사리 맛을 뚝 떨어뜨렸고 자식으로서의 죄스러움을 꾹꾹 찔렀다.

"다음부터는 우리 고사리 안 먹을 거야, 엄마 이제 고사리 꺾으러 산에 다니지 마요."

막내아들이 으름장을 놓아봤지만 어머니는 30년간 혼자 계시는 게 심심할수록 던져주는 검은 봉투는 권력처럼 더욱 묵직해졌다. '죽어도 이 집을 떠나지 않을란다'는 말씀도 말린 고사리처럼 꼿꼿했다. 그 후도, 고사리 맛은 여전히 깊었지만 그 깊고 억척스런 맛 때문에 안 먹고 싶은 것이 되었다. 깊고 진한 맛이 슬펐다.

어머니의 봉투는 작은 방 구석 어둑한 곳에 숨어 있었다. 가볍기 짝이 없는 봉투를 열면 바싹 말라 깡마른 고사리가 뇌의 혈관처럼 엉켜 뻣뻣하게 뭉쳐 있었지만 야릇한 공허가 가득했다. 한 움큼 집어내려면 양쪽으로 힘을 갈라놓아야 간신히 얕은 먼지를 털며 떨어졌다.

반은 봉투에 다시 두고 반은 끓고 있는 냄비에 넣으면 고사리뭉치는 물속에서도 한참을 엉켜 있다가 스르르 낱개로 떨어졌다. 애초에 한 줄기로 서 있던 고사리였음을 그제야 알아차린 것처럼. 그것들을 건져내어 찬물에 담가놓으면 고사리는 본래의 몸뚱이를 되살렸다. 거무죽죽 흙색으로 통통해진 고사리는 한 가닥 한 가닥 개체로 누워 있었다. 30년간 나는 고사리가 나물이 되어가는 과정 중 그 한 부분만을 보아왔다. 원래부터 고사리는 흙색인 줄 알았다.

고사리 장마가 지나갔다는 5월, 나는 제주도 영주산을 올랐다. 키 작은 야생화가 눈을 땅에 박게 하더니 삐죽삐죽 올라와 있는 초록의 고사리가 허리를 펴지 못하게 했다. 누군가가 알려준 덕에 초록색을 띤 풀이 고사리임을 알았다. '세상에나, 이렇게 연한 초록이었다니…' 참으로 기막힌 진실!

30년이 넘게 잘못 알고 있었다는 나 자신에게도 놀라고 한 가닥 초록의 줄기로 서 있는 고사리가 신기하기도 해 꺾고 또 꺾으며 올라갔다. 한 손 안에 일렬로 정리가 되는 작고 연한 초록의 고사리를 모아 봉투에 담고 가방에 넣고, 그 산을 내려와 허공을 가로지르는 비행기로 집까지 가져왔다.

특식으로 먹은 고사리가 연한 초록에서 갈색 흙냄새를 풍기는 나물이 되기까지 많은 침묵과 사연과 공허가 엉켜 봉투 안에 있었다는 것과 그것이 어떻게 풀려가는가를 이제야 조금 알았다. 그 즈음, 어머니는 50년 넘게 일구고 사신 그 집을 떠나 자식이 있는 아파트로 오게 되었고 남은 봉투의 고사리는 이번 추석에 마지막 고사리나물이 되었다.

고집센 어머니의 진실로만 알았던, "난 이 집터가 좋아 절대로 안 떠난다. 죽어서 나갈 거다"라고 하신 말….

그 말 이전의 말도 애초엔 연초록이었을 게다.

책들의 납골당

책들은 햇살을 어떻게 쐬는가.

고요히 숨어 있다가도 누군가 다가와 반짝이는 눈빛을 보내든가 차분하거나 격정적인 콧숨이 닿으면 책들은 그것으로 햇살을 쐰다. 그리고 손가락의 체온을 따라 책들은 길을 연다. 활자는 영혼을 입어 그 사람의 머릿속으로 들어가고, 그렇게 오래도록 햇살을 쐬기도 한다.

무덤은 산과 들에서 가장 좋은 햇살을 쐬려고 명당자리를 차지했지만 그것도 몇 십 년. 납골당의 항아리는 햇살도 포기하고 눈비를 피하고 바람을 피해서 안전하게 숨어들었지만 특별한 눈빛과 마주치기만을 기다리고는 몇 십 년일까. 숨결이 뜸한 세상을 기다리는 모습이 차갑다. 그렇게 사람이 남긴 것은 존재하다 사라지기 쉽다.

도서관은 화려한 전시장이자 필자의 납골당이고 책의 납골당일 수 있다.

세상이 산 사람의 공간을 비집어 죽은 자의 공간도 나누어준 것처럼 도서관도 수천 년 전부터 지금까지의 살아남은 책들과 금방 나온 책들에게도 자리를 줬다.

8~90세를 살아도 다 살아내지 못할 무수한 삶이 그 속에 있고 초속으로 넘나드는 유령의 접전 지역처럼 과거와 현재, 미래가 살아 있다. 질주와 방황이 있고 수도와 명상이 있고 지식과 지혜가 있다. 그곳에서 나와 보면 여전히 피부에 와닿는 대로 살아야 하는 세상이 있다는 것을 알지만 책과 세상과의 연결다리에서 출렁거리는 나 자신을 본다. 그런데도 책을 펼치는 이유는 중심을 잡게 해줄 수도 있다는 희망이 우세해서이다.

점토와 파피루스와 목판과 천들에 입혀온 책들의 영혼은 다 사라졌을까. 필사되고 활자로 인쇄된 수많은 책들이 수레에 실려 지하창고로도 가고, 헌책방에도 가고 쓰레기장에 버려지고 소각되고 무엇이 있었는지조차 어디에 있는지조차 모르게 된다. 그래도 살아서 남아 있는 곳, 없어질 것에 대비해 일단 모아놓은 전시장이자 결국 남게 된 대형 납골당, 이곳이 도서관이다.

수없이 살아나는 과거와 팔딱거리는 현재와 미래를 예견한 책들의 저장소, 작가와 철학자와 수학자와 연구자들의 뼈와 영혼이 숨쉬는 납골당이다.

내 삶이 격정적 문체를 지녔던 화려한 페이지를 넘어 진부하기 짝이 없이 넋두리만 늘어놓았던 만연체의 페이지를 지나고 행동은 없고 생각만 있어 무기력해진 건조체가 되었을 때, 나보다 나은 사람들의 시간과 머릿속을 엿보기 위해 도서관을 찾는다. '아, 이렇게 많은 유령이 사는 납골당에 와본 적이 없다'는 생각이 들었다. 무섭지도 서늘하지도 않은 경건한 납골당.

수많은 책들이 등을 보이고 꽂혀 있다. 시간과 노력과 성찰 끝에 이끌어낸 책은 뼛가루 같은 육신의 실체들이다. 그것을 바라볼 때마다 묵념이나 존경의 뜻을 보내지 않을 수가 없다. 조용하게 제목만 있는 인기 없는 책들과의 만남마저도 햇살이다.

나는 도서관의 문을 밀고 들어서면 거대한 침묵에 압도당하고 이내 그 침묵을 껴안는다. 내 영혼은 내 육신의 두 배쯤 가라앉는다. 숙연해져서 발자국을 뗄 때마다 조심스러워지는 것에 환희를 느낀다. 백화점이나 커피숍의 문을 열 때와 다른 숨을 쉰다. 수십 년이나 수년간 집필한 영혼의 세포들 앞에서 값도 없이 얻을 수 있는 선택권에 흐뭇하다. 무덤을 만나본들 그들의 삶에 대해 무엇을 알 수 있을까. 오직 책으로 만날 수 있는 이 장소가 위대하다.

책상에 앉아 있는 사람은 고개를 숙여 책이 말하는 세상을 알아내고 1미터 너비가 채 안 되는, 책꽂이가 만든 골목에서 서성이는 사람은 침묵과 외침과 기다림 사이에 있다. 깊은 물 속을 걷듯 묵직한 것이 허벅지를 가르는 것 같다. 느껴지는 압력이 좋다. 책들의 이름을 본다. 드디어 하나를 꺼내어 책장을 넘기면 책은 숨을 쉬고 내 안에 들어와 햇살이 되기도 하고 햇살을 보기도 한다.

기원전 7세기 점토로 만든 책의 니베네 도서관이나 터키의 화려한 도서관 에베수스, 학구열에 불탄 무굴제국의 악바르 황제나 멕시코의 후아나 수녀 같은 맹렬한 독서가, 재상 압둘 카셈이 17만7천 권을 싣고 다녔다는 사막의 도서관, 보르헤스가 만든 상상의 바벨의 도서관까지, 추구한 것은 결국 그 옛날 이집트 도서관 현판에 쓰인 '영혼의 시약소, 약방'이 아닐 수 없다. 얼마나 반가운 말인지.

도서관의 책들은 납골당처럼 과거로 꽂혀 있지만 현재에 살아 숨쉬고 햇살을 쐬고 미래를 말하고 있다.

덴마크 의사 바르톨리니가 '책이 없으면 신도 침묵하고 정의도 잠자고 과학은 정체되고 철학은 불구가 되고 문학은 벙어리가 된다'고 했다. 책의 위대함에 고개를 숙인다.

도서관 문을 밀고 들어설 때의 뿌듯함, 참 좋다.

싸움의 언어

부부의 언어는 시를 일찌감치 넘어 산문의 언어로 갔다.

이쯤에선 말에 고집이 들었거나 상대의 말이 들리지 않거나 아니면 너무 잘 알고 있어 귀찮은 언어의 언덕에 와 있기까지 하다. 부부싸움의 언어 역시 그렇다.

연애할 때는 시가 되려고 했거나 시가 되었던 때가 있었다. 칼국수집에서 함께 식사를 하고 나오면 그가 사라졌다. 조금 뒤 나에게 달려와 껌을 내밀 때의 행동을 시로 읽었다. 늦은 열차로 서울서 달려와 내 방의 불빛을 보고 돌아갔음을 알았을 때도 그랬다. 대문 바로옆 담 위에 얹어놓은 돌 하나가 시였다. 그를 만나러 다방 문을 밀 때의 떨림도, 싸움도 화해도 시처럼 강렬했고 가슴 뭉클했다.

부부가 되고 생활이 시작된 후 언어는 은유 내에 있고 싶어했지만 그럴수록 까다로웠다. 필요성과 합리성의 잣대를 들이대며 편한 문장으로 말했다. 시는 필요 없게 되었지만 시를 바라는 맘도 접지 못해서 섭섭함이나 답답함을 키웠다. 이미 화장실 앞에서 수없이 만난 사이고 식탁에서 실컷 먹는 모습도 수없이 봐온 사이다. 그렇다고 매사 느낀 것을 말한 사이가 아니라 시의 언어로는 턱도 없었다.

"내가 언제 그런 뜻으로 말했어?"

"그럼 그런 뜻이 아니고 뭐야."

독해력 시험을 많이도 풀어봤지만 부부의 언어에는 독해력이 너무 적용돼서 힘들 때가 있고 빨간 줄을 쳐놓은 것처럼 확 들어온 단어로 꼬투리를 삼은 적도 많았다. 말이란 말을 받는 사람의 것이어서 내보낸 말과 받는 사람의 심정이 어긋나는 데 불씨가 있다. 그래서 부부의 언어는 수필도 아니다. 서로의 구석진 치부를 이해 못하는 것도 아닌데 굳이 한번쯤 독이 묻은 화살을 쏘는 걸 보면 그렇다. 정돈된 수필의 언어는 예의가 가득해서 행간으로 들어가도 충분히 이해할 만하지 않은가. 수필의 문장으로 내가 말을 했다면 싸움은 없었을지 모른다.

어떤 언어가 서로의 이해를 돕는 언어일까. 며칠을 생각해보아도 성격을 넘어서는 언어는 없는 것 같다. 내 성격대로 잔소리 없는 스타일이지만 무뚝뚝하여 맘에 들지 않을 때는 정곡을 꼭 찌르던 일이 생각난다.

나에게는 도수가 높은 색안경이 하나 있다. 술에 대한 분노였다. 아버지의 술로 고통받았던 성장기 때문에 유독 술에 대해 예민해져 있었다. 가장 싫어하는 남자의 모습이 술 취한 모습이라고 정해놓았다. 그런데 남편은 술을 넘치게 마셨다. 회식이 있다고 한 날이면 자정이 넘는 시간 후부터 이미 나는 걱정과 분노로 날이 서 있었고 예감은 틀리지 않았다. 술에 취해 들어온 날 내 맘은 지옥, 잠재된 분노가 폭발하면서 경멸의 수준까지 표출했다. 술을 과하게 먹는 이유도 있겠지만 나는 습관의 문제라고 생각했고, 남편이 '뭐가 문제냐'고 했을 때 나는 '술 취한 모습이 싫다'며 심리학에서 말하는 '확증 편향'에 돌입했다. 모아놓았던 보따리를 푸는 일이었다.

언어가 통하지 않으니 며칠간 마음도 통하지 않았다. 드디어는 상대의 급소를 공격했다. 제발 자극이 돼서 고쳐졌으면 하는 마음에서 그랬지만 서로가 자신에 대해 깊이 가슴 아파하는 시간만 가졌다. 내화의 외적 동기와 내적 동기가 나 자신을 슬프게 했고 남편은 자신을 이해하지 못하는 아내에 대한 섭섭함과 자책으로 며칠을 아파했다. 어느 심리학자는 결혼 후 이혼할 확률이 높은 부부는 슬로모션에 포착된 미세 표정에서 경멸의 감정이 있는가로 보았다. 이 무서운 감정은 내가 나를 경멸할 수도 있는 독화살이었다. '하필 술 취하는 남편을 만나서…'라며. 어떤 일보다도 부부싸움을 하고 나면 세상이 고통스러웠다.

눈물이 나고 회의로 가슴이 저미다가 '미안하다'는 말에 또 하루하루가 아까워 잊기로 하자며 살아왔다. 분명 더 잘 살아보자고 하는 토론인데 방식이 엉망이었다. 싸움의 패턴을 고쳐보자고 마음먹었지만 역시 같았다.

그날도 아마 그런 패턴으로 말을 안 하고 있을 때였다. 하필 콘서트장에 가야 하는 날이 왔다. 한 달 전에 사둔 티켓을 버릴 수도 없어 몇 단어로 대화를 하고 차에 탔다. 차 안은 침묵으로 꽉 찼다. 싸움보다 더 시끄러운 고통이 느껴졌다. 콘서트가 시작되고 가수 백지영의 목소리로 가슴이 에이어 왔다. 총 맞은 것처럼 이별이 아프다고, 우리 서로 사랑했는데 우리 이제 헤어진다며, 이러는 내가 더 가여워~ 이제 다시 사랑 안 하겠다고, 사랑한다 그 한마디 하지 못해서 슬프다고…. 하나같이 헤어지는 슬픔을 노래했다. 한 곡 한 곡 가사에 묻어나오는 바이브레이션은 애절하다 못해 가슴이 아팠다. 정서적으로 아픈 것뿐 아니라 심장이라는 근육이 조이며 아팠다. 내 인생에서 그렇게 감동적인 콘서트는 없었다. 사랑을 잃었을 때 이렇게 아플 거라는 감성에 실컷 빠진 후 돌아오는 차 안에서는 침묵이 시끄럽지 않았다.

　"나이 들면 술도 그렇게 못 먹어"라며 인생 선배들이 하던 말이 이런저런 이유로 현실이 되었고 나는 불안에서 해방이 된 듯하다. 술 문제 외에 별다른 싸움 없이 지낸 사이지만 술 싸움의 역사는 치열했음을 인정한다. 루비콘 강을 건널까 말까 하던 시절이 지나고 나는 종종 심심해서, 피곤해서 맥주 캔을 하나씩 뜯곤 한다. 남편이 사다 준 술로, 남편이 따라준 술을 꿀꺽 마시고 "후~" 숨을 내뱉는다.

　술로 싸우는 일이 없어지니 이상한 게 눈에 또 보이기 시작하는 건 무언가. 그러나 상관없다. 나도 이상한 여자니까.

●

침

　더럽거나 달콤한 극단의 정서, 청춘에서 멀리 걸어나온 나는 그 끝 어느 쪽에 매달려 있는지 뻔하다. 이제는 침을 섞었던 달콤한 기억조차도 모르쇠 하고픈 마음이고 게다가 충동도 대충 사라졌으니 맛도 잃었다 할 수 있다. 그런데 저쪽 끝, 더럽다고 인식한 기억 쪽은 변함이 없다. 입 안의 침이 기침이나 재채기로 무차별적으로 나오면 그건 세균의 분무질이라고 말하는 건강 상식은 기분으로만 느꼈던 침에 대한 반감을 논리적으로 뒷받침해준 셈이다. 입 밖으로 나온 침과 입 안에 있는 침의 차별을 확실하게 해도 된다는 힘을 얻었다.

　그래, 침이 입 안에 있으면 착한 침이고 입 밖으로 나온 침은 나쁜 침이다. 퇴계 이황도 '매일 아침 침을 삼키면 건강에 좋다'는 말을 하지 않았는가. 입 안의 침은 입 안을 살균하고 음식물의 분해와 소화를 돕고 잇몸과 치아를 건강하게 하는 조용한 조력자다. 그러나 그 좋은 침이 입 밖으로 나와 존재를 알리면 더럽다고 말할 수밖에 없다. 침 튀기며 말한다는 것은 흥분해서 입술의 운동 속도와 입 안에 고인 침의 균형이 깨졌다는 것이고, 아무 데나 침을 뱉는다는 것은 몰상식해서거나 분노의 표출이 제멋대로라는 것이고, 악의를 품고 뱉었다면 그것은 독을 품은 뱀의 공격과 같아 치졸한 무기가 될 수도 있다. 욕심을 품은 사람의 표정이나 의도를 '침 흘리고 있다'고 비유하는 걸 보면 절대로 침은 함부로 흘릴 일이 아니다.

입 안에 있을 때는 피만큼 중요한 액체지만 밖으로 배출되면 부패한 찌꺼기나 독에 가까운 오물이어서 입 안에서 잘 다스려져야 하고 없는 듯 존재해야 한다.

가끔 벌레에 물려 간지러우면 그 부위에 침을 바르는데 그땐 침을 밖으로 뱉은 게 아니라 꺼낸 것이라 더럽다는 느낌이 그다지 안 들었나 보다.

어릴 적부터 침은 아름다운 액체가 아니었다.

"퉤, 퉤, 퉤. 이건 내 거야, 침 발라놨어."

군것질거리보다 형제 수가 많았던 시절, 어머니는 적절한 이유를 대면서 음식물을 나누어주셨다. 욕심과 속도가 부족해 형제들의 표적이 되는 먹잇감을 늦게까지 쥐고 있을 때면 불안해졌다. 그때, 음식을 사수하기 위해 음식에 침을 발라놓으면 웬만해서는 빼앗기지 않았다. 유치하지만 강력한 방어책이었다.

그러면서도 한 밥상에 앉으면 네 수저 내 수저 부딪쳐가며 먹었다. 냄비나 뚝배기에 수저를 담그며 침을 섞었다. 인식조차 못한 생활 방식도 한몫했지만 피를 나눈 사이니 침 정도는 당연히 나눌 수 있었다. 가족이 아니어도 정만 있으면 한 밥상에 앉아 침을 나누었다.

요즘은 가족이라 해도 앞그릇을 놓고 먹는다. 전골냄비에 있던 찌개를 개인 앞그릇에 국자로 조금씩 덜어내면 냄비에 가득 찬 먹음직스럽던 음식은 금세 바닥을 보이고 각자의 접시엔 방금 전 본 것처럼 풍족해 보이거나 맛깔스런 음식이 아닌 것처럼 보인다. 덜어내기 전 눈으로 호사한 풍미를 기억하며 먹는 셈이다. 어쩌겠는가. 우리는 이미 위생을 먼저 챙기는 문화인이 돼버렸는걸. 수저와 젓가락으로 침을 섞는 일은 꺼림칙한 일이 되었다.

입이 바짝 마르는 세상살이를 거치면서 침을 꿀꺽 삼키기도 하고 마른입을 물로 축이기도 했다. 나도 모르는 사이 침에 관한 정서가 희미해지면서 내 몸에 꼭 필요한 존재로 순화되고 있다. 침의 효용이 더러움과 달콤함의 회선을 교란시키고 있다. 나는 요즘 입 안에 침이 잘 고이기만 한다면 고마워하며 침을 꿀꺽 삼킬 요량이다.

키스와 뽀뽀를 분류한 기준점에 침이 있다는 것을 안 요즈음, 누군가가 정리해준 말에 박수치고 있는데 더 놀라운 것은 성행위는 사랑 없이도 할 수 있지만 키스만큼은 사랑 없인 어렵다는 설이 있다. 짜릿하다는 것은 원래 오래 가지 않는 게 맞다. 사랑과 꽃과 전율을 주는 사건들이 그렇듯 반복되면 짜릿함이 희미해지게 마련이다. 그러니 청춘에, 잠시 젊음에 오고갔던 짜릿한 침의 정서가 한쪽 구석에서 순식간이었다 해도 괘씸치는 않다.

●

'침은 더럽다'는 이미지를 품었다가 사랑에 의해 습격을 받고 벌떡 일어났던 한쪽 끝의 이미지, '달콤하다'를 느낄 수 있던 시간이 대충 지나간 것 같다. 다시 달콤한 침 쪽으로 생각을 돌리려 하니 바늘구멍처럼 그쪽 세상이 좁아져 있다. 이제는 음식이나 세상일을 바라볼 때 입 안에 침이 잘 도는 것만으로도 반갑다. 극단의 정서가 흔들리고 있다.

보라가 좋아졌다

색으로 존재하는 어릴 적 기억이 없다. 자연이나 생활에서 얻은 색감을 오래된 빛이 다 거두어간 모양이다. 겨우 떠올린 것은 색을 표현한 인위적인 도구, 크레파스다.

'그림 같은 하늘'이란 모순된 표현처럼 색은 나에게 크레파스로 오고 난 뒤에야 온 색과 선 긋기를 한 것 같다. 나란히 길이를 맞추고 있던 12색에서 무엇을 빼서 칠할까 머뭇거린 것은 색감 이외에 다른 이유도 있다. 들쭉날쭉해진 크레파스의 길이가 마음을 흔들어서다. 많이 써서 야무지게 짧아진 색과 자주 쓰지 않아 멀뚱하게 서 있는 키 큰 색을 보면 공평하게 맞추어야 되나 하는 염려도 했다. 기껏 집이나 나무, 사람, 구름, 산 정도를 그린 어린이였으니 몇 가지 색은 늘 길게 남겨졌다.

보라는 가장 길게 남겨진 색이었다. 지금은 쉽게 눈에 띄는 보라색 꽃도 그때는 보이지 않았고 사람들도 보라와 서먹한 사이였는지 생활에서 보라는 드물었다. 그래서 미지의 색이었고 망설여지는 색이었다.

퍼플, 진보라 바이올렛과 연보라 라일락으로 표현되는 오묘함을 마땅히 어디에 새기지 못한 채 맘속 저만치에 두었다.

청춘 그 시절, 방 앞마당에 라일락이 피기 시작했다. 바람의 방향에 따라 라일락은, 향에 먼저 취하게 한 뒤 색을 보여주었고 색을 보고 지나간 자리에서 또 뒤돌아보게 하는 매력이 있었다. 우리 집 담벼락에 기대어 잠시 라일락 향을 맡고 간 사내도 있었는데 두고두고 그 기억으로 나를 유혹하기도 했다. 30년 후 또 한번 그 추억은 아파트 베란다에 라일락 묘목을 심게 했다.

연보라가 그렇게 유혹처럼 왔을 때 나는 늘 모호한 경계에 서 있는 듯 불안하고 우울했다. 무지개의 마지막 색이라는 것만으로 반갑고 흥분됐지만 파장이 더 짧아지면 사라질 색이라는, 빨강과 파랑으로 만들어진 최초의 인위적인 색이라는 것을 알게 되자 거북해졌다. 열정과 지성이 어떻게 혼합되어야 하는지 알 수 없었다. 반반의 감정이 무시로 파도칠 때마다 어느 것을 더 눌러야 하는지, 어느 것을 더 떳떳하게 드러내야 하는지 몰랐다. 용솟음과 침잠의 파장을 겉으로 표내지 않으려 애쓰는 것도 힘들었고 그럴수록 빨강과 파랑의 배합이 불규칙해졌다.

제비꽃, 맥문동, 엉겅퀴, 갯쑥부쟁이, 구절초 같은 꽃들이 흔하게 눈에 띄고 좋아진 것은 나중 일이고 한참 동안 색에 대해 변덕을 부렸다. 파랑이 좋았다가 초록이었다가, 빨강이었다가 분홍이 좋았다. 빨강에 이런저런 잡념이 들어간 벽돌색이 좋아지고 검정과 흰 색이 혼합된 회색이 좋아질 무렵 보라가 다시 떠올랐다.

빨강과 파랑의 갈등에서 많이 벗어난 늦은 나이, 보라의 속성을 닮은 자리에 서 있고 감당하고 있다는 것을 알았다. 불안한 경계를 즐기고 있다는 것과 관습 타파와 새로움에 대한 갈망 그리고 방황, 우울과 퇴폐성마저 사랑하고 있다는 것을 알았다. 나의 취향은 라일락의 연보라가 아니라 자색이 강한 퍼플로, 팜므파탈의 색으로 변해갔다.

일부 신비주의자들은 다리와 성기가 빨강, 파랑은 얼굴, 보라는 감성과 이성이 하나 되는 뇌라 한다. 대립의 날을 세우고 갈등이 꿈틀대고 경계에 선 모호한 보라를 젊었을 때는 벅차서 두려워했던 것 같다. 뜨거웠다 식었다 하던 삶을 지나 다정과 냉정이 애써 손잡으려 하지 않아도 조금 자연스러워지고 어색하지 않을 때에야 퍼플이 좋아졌나보다.

곧 사라질 듯하고 그 어떤 것과 또 다시 닿을 듯한 경계. 남아 있던 색이었는데 이상하게도 내가 아껴둔 색이고 남겨둔 색처럼 느껴졌다.

아이디를 수수꽃다리(라일락)라고 만들고 떳떳하게 부둥켜안았다. 1g의 보라를 위해 1만 마리의 달팽이 점액을 추출한 과정처럼 나의 보라도 힘겨웠던 맘을 밀고 나온 셈이다.

참으로 별난 색, 처음엔 노랑 빛을 띠다가 햇볕에 말리면 녹색으로 그 다음에는 빨강으로, 드디어 마지막에 퍼플로 변하는 천연 염색의 과정 덕분에 생긴 색이라 햇빛에 바라지 않는다. 더 이상 진행할 색이 아니다. 퇴폐적이고 멜랑꼴리하여 많은 사람이 좋아하지 않는 색이긴 하나 나에겐 믿을 만한 색이 되었다.

권력과 위엄을 갖춘 귀족의 색인 동시에 겸손의 색, 경건함과 퇴폐성이 흥건해도 조절이 가능한 이 색이 좋아졌다. 보라색 포장 디오르 향수가 말하듯 '달콤한 죄의 색'으로 느껴지는 이 보라의 속셈을 나는 두려워하지 않는다.

비 오는 날 나갈 구실을 만들고 우산을 편다. 보라색이다.

보라 우산으로 비를 막고 있으면서 빗속을 걷고 있다고 생각하는 이 순간이 좋다.

돌아가는 길

남자들의 덩치가 그렇게 부러웠던 나는, 남자의 뼈도 그리 작은 건지 몰랐던 나는, 남자의 야윈 등을 쓸어주며 한없이 작은 인간의 등을 드드득 문질러주고는, 내 명치끝으로 파고드는 한 줄기 횡한 바람을 느꼈다.

모르핀이 링거 선을 따라들어가면 무력함이야말로 견디기에 가장 좋은 무기라는 듯 환자는 온몸에서 힘을 놓고 견디고 있었는데 턱밑의 수염은 체념한 영혼의 몸에서 무심히 자라고 있었다. 남자의 위엄은커녕 영혼을 더 안쓰럽게 하는 몹쓸 증거로 보여 수염이 무서웠다.

걷은 커튼 사이로 들어선 햇살은 어찌 그리 먼지를 노출시키는지, 차마 눈뜨고 보지 못하겠어서 창문을 다 열어봐도, 먼지는 위 아래로 소용돌이칠 뿐 밖으로 나가지 않는 것을 보고야만 나는, 먼지처럼 삶과 죽음이 부유하는 병실에서 무엇에로의 환기를 기다리는 건지 몇 시간이고 서 있었다.

자질구레하고 요란스러운 게 삶이라 생각했던 나는, 망사 커튼을 뚫는 햇살처럼 투철하고도 확실하고 고요한 것이 죽음이라는 생각을 하게 된 나는, 무슨 말이든 전달하고 싶어졌는데 말을 할 수가 없었다. 그가 말은 들을 수는 있었지만 아무 말도 내뱉을 수 없었던 것처럼.

늙은 어미가 '멀구나 멀구나' 하면서 따라온 아들의 병실, 견디려는 자식과 지켜보는 친척과 눈물 삼키는 혈육이 모였다. 누가 가장 슬픈 건지 모르겠는 나는, 혈육이 아니어도 자식을 낳고 몸을 나누고 영혼을 나눈 아내가 힘들 거라는 위로의 마음이 보내지면서, '더 슬프다'고 아우성하는 경연장도 아니기에, 내가 '덜 슬프다'라며 태연한 행동을 감추는 위선의 자리도 아니기에, 슬픈 것도 조심조심, 배려도 조심조심, 무심도 조심조심. 이성도 조심조심, 감성도 조심조심.

고통 없이 가게 해달라는 기도를 하게 된 나는, 아니 이렇게도 기도를 할 수 있는 건가. 끝까지 살려달라고 해야 하는 거 아닌가 하는 죄책감마저 들고….

기억이 왔다갔다 하는 노모는 아들의 야윈 모습이 원망스러운지 '이눔의 새끼야 정신차려'라며 정적을 깨고는 50세로 죽어가는 옆 침대의 남자가 궁금한지 딴청을 피운다. 자식을 앞세우는 부모는 기억력이 꼭 좋아야 하는 건 아니구나 하는 생각도 들 때, 노모는 물끄러미 보다가 혀끝을 차다가, 며느리가 더 애통하며 정성스럽게 뒷바라지하기를 바라는지, 며느리의 슬픔은 맘에 안 들어오는지, 자식에게로만 향하는 원초적 행동에 그만 모르핀을 맞으며 참고 있던 아들이 소리 없는 짜증을 낸다. 아직 남아 있는 마찰의 힘인가.

벽에 붙은 고린도 전서의 성경 구절이 먼 나라 얘기인 듯도 하고. 울고 있는 혈육도, 가슴이 저려 복도에 나가 있는 형제도, 모두 각자의 무게로 고통이 일상이 되어가는 중이어서 잠시 무뎌진 듯한 표정을 보면 모두가 꿈속을 걸어가는 것 같았다.

오직 숭고해보이는 한 사람, 죽어가는 육신을 닦아주기 위해 크리스마스 날, 남들 다 노는 이날 봉사하러 온 초로의 남자였다. 생면부지 모르는 사람을 위해 먼 곳까지 온 그의 부지런한 몸짓을 물끄러미 바라본 나는, 할 말이 없고 부끄럽기만 했다.

이 호스피스 병동에서 떠나면 남은 자들에게 살아날 뚜렷한 것, 외로움, 허전함, 후회, 두려움이 바짝 다가왔다.

돌아가는 일은 이리 갑작스럽고 단순한데 남은 사람을 힘들게 하는 힘을 지녔다는 것에 반발한다. 어찌 떠나야 하는가를 다짐해도 인력으론 부족하기에 오늘 밤도 기도를 해보지만 역시 기도를 의심한다. 어차피 하늘에 계신 당신의 계획대로인가 하는 비애감과 그래도 모든 것에 순종하는 수밖에 없다는 합리화가 습관처럼 온다.

지루해졌는지 노모는 '이제 가자'며 재촉을 한다. 며느리는 냉정한 듯한 어머니가 서운하다는데, 노모는 돌아오는 길에 '아! 참~ 그 소나무 좋다~' 하며 감탄한다. "우리 지금 어디 갔다오냐?" "네?~ 아주버님 병실 다녀오시잖아요."

그곳은, 겨울 논두렁과 벗은 산의 나뭇가지가 사방으로 보였다. 춥지 않은 바람과 조곤조곤한 발자국, 아무래도 썰렁한 호스피스 병동의 긴 복도, 환자복을 입은 아픈 뼈와 살과 슬픈 영혼, 간간이 몽롱함 사이로 죽고 싶을 만큼의 고통과 살고 싶은 간절함이 깊은 호흡으로 고요를 흔들고 있는 곳이었다. 기다림이 햇살 속에서 둥둥 먼지처럼 떠다니는 곳이었다.

나도 돌아오는 길이 참 멀었다.

'점심도 굶었으니 저녁 먹고 가자'는 제의를 거절했다. 또 모여 무슨 말을 나눌까.

혼자 슬퍼하고 싶은 나는, 아주버님의 마른 등이 손바닥에 '드드득' 남아 있었다.

집에 돌아온 나는, 잊을 수 있으면 잊으려고 살림을 부지런히 해봐도 손은 허공이었다.

한 줄의 가치

'고전'이나 '명작'이라는 타이틀이 붙은 책은 어떤 방식으로든 내 앞에 한 줄로 오는 경험을 많이 했다. 그래서인지 책등의 제목을 보면 이미 알고 있는 것 같아서 뻔한 걸 읽을 필요가 있나 하는 무례한 생각을 해왔다. 한심한 생각이 나를 게으르고 얄팍한 사람으로 만들고 있는 동안 세상의 도서관과 서점에는 '시간의 세례를 받아서' 오래도록 살아남은 고전과 그 시대의 눈길이 인정한 명작들이 높이를 더해갔다.

재능 있는 작가들이 책을 내면 독서가나 비평가의 눈을 통해 한 줄의 힘으로 살아남아 대중에게 퍼졌고 그 외 작가들의 책은 희미한 소문처럼 시작과 끝도 분명치 않게 왔다가 사라졌다. 명성을 얻든 못 얻든 많은 책은 '바벨의 도서관'에 차곡차곡 얹혀졌다.

안 읽었어도 익숙하다고 착각하는 책, 요약된 내용만으로 알고 있는 것처럼 생각되는 책이 고전과 명작이다. '누구나 알고 있지만 아무도 읽지 않는 책'이라고 그랬듯 나의 경우도 마찬가지였다. 어릴 때 동화로 접한『돈키호테』를 천 쪽이 넘는 소설로 성인이 되어 읽었을 때 대단한 문학작품이어서 놀랐다. 그때 읽은 동화를 믿고 무례한 짓을 계속했다면 아찔할 뻔했다.

스토리를 알기 위해, 숨은 한 줄의 가치를 확인하기 위해, 긴 소설을 읽는 일이 소모적인 듯한 이 세상에 편승했기에 세상의 독서가들과 비평가들이 알려주는 소식이 고마웠다. 그들의 힘으로 고전과 명작을 붙들고 있다가 인연이 닿는 사람에게 가치를 발했으리라.

고전과 명작에 매력을 느낀 이후, 책들의 축복을 받지 못한 채 사는 것은 손해보는 삶이라며 다급해졌지만 세상은 우선 처리할 일을 재촉했다. 그래도 얼마나 다행인가. 쌓인 책은 쌓인 대로 있고, 자주 만날 수 없어 더 그리운 애인이 된다는 것이. '분서갱유'나 보후밀 흐라발의 소설『너무 시끄러운 고독』에서처럼 책(폐지)을 '암살'하는 행위로 쌓인 책들이 사라지진 않았으니까.

먼먼 어디를 다녀와 '참~ 좋았다'며 한마디로 자랑하는 여행자들의 말처럼 정보로 얻은 책에 대한 인상은 역시 한 줄로 와서 헛헛하게 존재했다. 심지어는 내가 느끼지 못하고 알지 못해서 이 세상에 존재하지도 않았다. 어쩔 수 없이 다 읽을 수 없고 이해하지 못해 아쉽지만 어쩌다 한 줄의 가치에 이끌려 읽은 책은 나를 놀람에 빠뜨렸고 충만하게 했다.

읽었다 해도 자랑삼아 말하기 위함이라면 또 한 줄에 불과할지 모른다. 인생에 있어서도, 한 인간에 대해서도, 한 줄로 충분할 수 있는데 책에 있어서야 왜 안 그렇겠는가. 그러나 한 줄로 말하기 너무 어려울 때가 있다. 그때가 바로 책 속에서 내 가슴을 울린 때다.

천 근의 무게일 수도 있고 홀홀 날아가버릴 만큼 가벼울 수도 있는 한 줄의 가치. 한 권의 책이 새로운 피를 돌게 하고 뇌의 영역을 건들고 육체를 뚫고 나오면 단순히 눈을 통과한 것과는 다르다. 삶의 무게중심이 바뀔 수도 있는, 바뀌지 않는다 해도 우리 삶을 참견하는 존재가 된다. 여성들에게 『테스』나 『보바리 부인』이 그랬듯.

어떤 책을 알고 있다는 것은 명소 입구에서 설명서를 읽고 돌아선 것과 같다면 그 책을 읽었다는 것은 출구에 서 있는 것과 같다. 저 먼 슬로베니아의 포스토니아 동굴을 보기 위해서 열차를 타고 들어가 길고 긴 동굴을 보고 다시 열차를 타고 나와 출구에 선 기분이랄까. 불이 밝혀진 동굴에서 뚬벙 어디선가 떨어지는 물소리에 놀라고, 더듬더듬 내디딘 발자국이 조심스럽고 눈으로 놀란 종유석의 세월과 모습을 어찌 다 마음에 새길지 안타깝다가, 잘 설치해놓은 사다리까지 고마우면 출구에서 바라본 하늘이 달라보였다. 세상의 은밀한 구석 하나가 역사가 되어 내 가슴에 새겨졌으리라는 감동이 있다.

단전호흡을 하면 깊은 순환의 길이 있다. 명작이 그 순환의 길을 통과하여 뜨거운 불기둥으로 뿜어나가면 희열이 고이는 은밀한 동굴이 생긴다. 들어가지 않은 자는 절대 모르는⋯.

이제 명작을 읽으면 내가 알고 있는 삶이 읽혀지는데 기억은 이미지만 남기고 어디로 바삐 간다. 어깨가 눌리고 눈과 머리가 아프지만 읽어야 할 책이 많다는 것은 내 정원에 도서관 하나 갖고 있는 느낌이다.

의심과 무례함이 없는 날, '이제껏 뭐하느라'라는 죄책감마저 드는 날, 책을 만난다. 표지에 있는 빛은 출판사의 몫이지만 진정한 빛은 문장이나 스토리 구성에 있다. 어둠이 내린 맹그로브 숲에서 반짝이는 반딧불이처럼, 날아다니는 빛을 따라가면 황홀하다.

한 줄로 말해지던 책이 나에게 수없이 말을 걸어 결국 몇 줄로도 말할 수 없는 먹먹함이 되는 일, 고전과 명작을 읽는 일은 행운의 세례다.

나는 살아 있다, 나는 나혜석

아직 죽지 않은 건지도 모른다. 내 나이 올해로 125세가 된다고 누군가 그랬다.

53세까지는 기억이 또렷한데 그 후가 가물가물한 걸 보면 죽은 것 같기도 하다. 그래도 끊임없이 말을 걸어오는 걸 보니 살아 있는 것 같다. 100년 전이나 지금이나 사람들이 내 삶을 들먹일 때마다 정면으로 나설 용기가 나에겐 있다. 예산 수덕사 근처를 떠돈 후로 기억이 신통치 않았지만 고향 수원시에 내 이름을 붙인 거리가 있어 나는 요즘 이 거리에 많이 머물고 있다. 남녀가 사는 모습을 관찰하는 재미도 있다. 그러나 내 동상을 바라보자니 오돌오돌 춥다. 나는 늘 뜨겁게 살았지만 그 대가로 춥게도 산 듯하다. 안팎의 온도차로 생긴 성에를 긁어내느라 애썼는지 봄바람에도 한기가 느껴진다.

지나가는 사람 얘길 들자니 나에 관한 책도 많다고 한다. 내가 고등학교를 수석으로 졸업한 것부터 시작하여 일본의 미술전문대학에 들어간 것도, 연애사건도, 결혼식 청첩장도, 외교관 부인으로서, 화가로서, 이혼을 했을 때도 신문에 났으니 난 노출이 많이 된 여자였다. 평범을 넘은 어느 지점에서 내가 그것들을 즐겼는지 고통을 받았는지 떠오르는 게 없다. 개의치 않았던 것 같다. 사람들은 잡지나 신문에 내가 할 말을 다했다고 하나 나는 아직도 허한 맘 있어 이 거리에서 서성이나보다.

그래 그래 생각난다. 내가 얼마나 추운 벌판에 서서 욕을 먹었는지 생각난다.

나는 뜨거운 여자라 사회와 관습보다는 내 의지대로 사랑하고 주장했다. 그래서 사회가, 남자가, 여자가, 사랑하는 사람이, 가족이 나를 냉대하는 바람에 추웠다. 그때의 냉기가 뼈를 통과했어도 이제와 그때의 일을 치기라 말할 수 없고 후회하지도 않는다. 나는 분명히 알았다. 우리의 어머니들과 그 시대 여자들이 부당한 대우를 받아도 숙명이라며 받아들였던 어리석음과 여자이기보다는 한 인간이며 사회의 구성원이기에 교육을 받아야 한다는 것을 말하고 싶어 글을 썼다.

최초의 여성 화가라 불리며 활동을 했지만 그림으로는 불분명했다. 시 「인형의 가」로 여성이 인형이 아님을, 수필 「섣달대목」 「초하룻날」 「모된 감성기」에서는 여성으로서 겪는 출산과 양육의 고통을, 부당한 시집살이를, 소설 「경희」로 여자는 로라도 아니고 현모양처로 길들여진 하인도 아니고 복종해야 하는 노예도 아님을 말했다. 지극히 이기적인 남자와 지극히 희생적인 여자가 만든 관습을 부정하고 싶었다. 그래서 요즘 사람들이 나를 최초의 여성 소설가, 여성운동가, 신여성이라고 말하고 있을게다. 온유겸손을 강요하는 여성상과 '여자는 시집이나 잘 가면 된다'는 부모들의 인식, 첩을 두어 아내를 맘고생시키면서도 당당했던 시대, 가정이라는 그물에 갇혀 있는 여성을 대변하고 싶었다.

내가 사랑한 시인 최승구를 떠올리면 가슴이 아리다. 하필 결혼한 남성이었지만 나는 멈추질 못했다. 조혼과 축첩제도로 일부분의 남녀가 불행했던 시기, 나도 그 가운데로 끼어든 셈이다. 관계를 멈추게 한 건 최승구의 죽음이다. 병으로 그가 죽자 나는 발광의 시기를 보냈다. 아, 추억하기조차 힘든 사랑. 그대들은 사랑을 잃어보았는가. 가슴이 미어졌지만 견디고 일어섰다. 잠시 이광수와도 가까워졌으나 오빠는 또 뭘 궁리한 걸까. 법학을 전공한 김우영을 소개해주었고 나는 국가가 처한 현실을 외면할 수 없어 3·1운동에 협조했다. 불온한 학생이라는 이유로 감옥에서 버틴 5개월, 그때 알았다. 자주적으로 버틸 수 있는 힘이 내게 있다는 것을.

김우영과의 결혼, 나는 조건이 있었다. '일생을 두고 사랑해줄 것, 그림 그리는 일을 방해하지 말 것, 시어머니와 전실 딸과 함께 살지 않게 해줄 것, 첫사랑 최승구 묘지에 비석을 세워줄 것'이었다. 남자들은 개인적 요구가 없어도 사회적 통념이나 관습이 넘치게 보호해주고 있질 않는가.

파리에서 최린을 사랑한 건 나의 취미였다. 남자들이 여자에게만

정조를 요구하는 부당함을 피력했지만 그 벽은 견고해서 내가 얻은 건 악평뿐이었다. 그때의 한기가 지금도 오는가보다. 최린과의 불륜으로 이혼에 이르자 나는 『삼천리』에 「이혼 고백서」를 냈다. 지금 돌이켜보면 내 개성과 강인함이 페미니즘의 바퀴가 되었던 것 같다.

내가 젊었을 때, 『여자계』나 매일신보에 당차게 소리질러봤지만 어차피 소수에게 전달되는 일이었고 그 중 이해하고 바꾸고자 하는 사람은 극소수여서 안타까웠다. 나의 행실을 돌아보면 '지금은 맞고 그때는 틀리다'가 아니다. '지금도 옳고 그때도 옳다'라고 말하겠다.

다만 너무 노쇠해서 목소리가 나오지 않는다. 지금 세상에서는 내가 하는 소리가 진부하다면 그것은 세월의 힘이고 고통의 힘일게다. 뼛속까지 박힌 남녀불평등이 여전히 쑤욱 고개들까 염려되어 나는 여기서 남녀가 제 몫을 할 수 있는 세상을 기다리고 있다.

나는 반짝이지만 불안정한 네온 불빛에 휘감겨 있다. 지금 이 거리를 걷거나 즐비한 술집에 앉은 젊은이들은 저들의 삶을 사느라 바쁘다. 그들 또한 부모의 사고와 달라 수시로 다툼을 피해가며 살아갈 것이다. 많이도 변한 남자와 여자의 역할과 사회적 통념이 이 거리를 만든 건 다행이다.

요즘 말로 말하면 나는 금수저여서 비단 치마를 휘감은 부인으로 계속 살 수 있었다. 그러나 자립적 인간을 원했다. 사람들이 불행이라고 보는 삶조차도 주저하지 않았다. 「신생활에 들면서」에서 말했듯 '시시각각 변천하는 감각의 생활'을 했다. 글과 그림을 그리는 일은 어떤 일보다 쾌감을 주었던 것 같다. 단언컨대 나는 불쌍한 여자가 아니다. 내 의지로 얻은 고통에 대해 사람들이 잊어갈 무렵 행려처럼 보였던 내 초라한 삶을 부끄러워하지 않는다. 아, 어쩌면 그때쯤 죽었던 것 같기도 한데 기억이 희미하다. 아직도 100년 전 앞서간 내 정신을 이 거리에서 기다리고 있는 것을 보면 나는 살아 있음이 분명하다.

　나는 아직 살아 있다. 한 인간으로.

제3의 영역

　설령 흔들리는 초록 간판. 수저, 포크, 젓가락, 주유소 그림을 보면 반갑다. 설레는 걸 보면 난 이미 목적이 있든 없든 들어가고 싶은 거다. 어느 곳에선 침대까지 그려져 있으니 내가 참새라면 그곳이 방앗간이다. 여행자로서 가던 길 멈추고 들르고 싶은 곳이다.

　고속도로를 달리는 이유는 보통 두 가지이다. 볼일을 보러갈 때와 여행길이다. 어떤 경우라도 고속도로는 최선을 다해 목적을 돕는 길이다. 슬프고 복잡한 일이 아니라면 그 길 위에서는 들뜬 마음으로 있고 싶다. 여행자라도 길 위의 일상과 긴장을 피할 수는 없다.

　고속도로 위에서 휴식의 시간을 끼워넣을 수 있는 의도적인 길이 있다. 휴게소로 가는 길이다. 탱탱한 쾌감을 즐길 것인지 작은 여유를 누릴 것인지 결정한다. 머뭇거리면 순식간에 지나치게 되고 위험할 수도 있다. 나는 그런 의미에서 수저, 포크, 젓가락, 주유소가 인도하는 차선으로 들어갈 준비를 이미 했다. 휴게소로 들어가는 순간

글자 휴休~가 들떠 있거나 뭉쳐 있거나 했던 숨을 내뱉게 한다.

　휴게소 주차장에 서면 차종이거나 속도거나 깜빡이로만 보였던 달리는 물체가 드디어 사람으로 보인다. 정차하면서 문을 열고 나오는 사람풍경은 비슷하다. 서두르는 듯, 들뜬 듯, 조금 피곤한 듯 움직인다. 생활을 묻혀온 자가 아니라 그냥 길 위에, 길 위로 가는 사람처럼 보인다. 사람과는 무심하게 스쳐가는 자유가 편하다는 표정이다. 목적이나 행복을 위해 먼 길을 감당하는 사람 같아 보이고 방금 누군가를, 무언가를 떠나온 사람처럼 외로워 보이지는 않는다. 돌아가는 사람이 아닌, 지금 떠나고 있는 중인 사람으로 보인다.

　에드워드 호퍼의 그림, 시골 마을 주유소나 휴게소는 고적하고 외롭다. 우리나라 고속도로 휴게소에서는 황량함이나 외로움은 묻어나지 않는다. 개인의 감정이 노출될 만큼 느긋한 자리가 없어서일까. 주유소의 황량함도 없다. 있다면 차에서 떨어진 먼 자의 시선일 것이다.

　배가 고픈 것도 아닌데 간식 코너 앞에서 어슬렁거린다. 입맛을 다셔보는 이 철없음이 스스로 재밌다. 호떡 앞에 서본다. 핫도그 앞에 서본다. 어묵바, 감자, 도넛 앞에 서본다. 상상의 맛은 순식간에 나를 훑고 지나갔다. 한 발짝 한 발짝 지나가며 이미 상상한 맛을 배반했다. 기억의 맛을 해치고 싶지 않은 욕심도 있다. 결국 커피 한 잔을 들고 나오기 일쑤이다. 그러나 그 간식 코너 때문에 내 기억 속은 얼마나 행복한가. 또 다음 고속도로를 달릴 때 그 간식에 대한 기억으로 휴게소 안내판을 좋아할 게 뻔하다.

끼니를 때우려 할 때는 식당에 들어간다. 줄지은 메뉴가 나를 즐겁게 하지만 마찬가지다. 결국 안정적인 보통의 것을 고르고 후회를 잠깐 한다. 뭘 먹었어도 그랬을 테지만 휴게소에 걸쳐 있는 시간이 끼어든 시간처럼 옹색했는지 제대로 먹은 것 같지는 않다. 그러나 길위에서 밥을 먹을 수 있다는 건 고마운 일이다. 산길을 통과하는 옆자리에서, 인가도 없는 길 위에서 말이다.

화장실은 꼭 가야만 하는 일이 아니라도 홀가분함을 위해 간다. 화장실을 평가하는 쏠쏠함도 있다. 화장실에서 스치는 사람들, '우린 모두 어디로 가고 있다'는 공통의 행위에 친근감도 있지만 무심하다. 조금 전 내 앞의 차일 수도, 내 뒤의 차일 수도, 옆의 차일 수도, 나를 놀라게 앞지르던 차일 수도 있다. 손을 씻고 물기를 닦아낸 휴지를 휴지통에 넣는 순간, 달리는 도중 퇴적된 작은 하중을 톡 털어낸 것 같은 가벼움이 온다.

'휴게소는 도시에 속한 것도 아니고 시골에 속한 것도 아니다. 바다 가장자리에 있는 등대처럼 제3의 영역, 여행자의 영역에 속한 것 같았다'라는 알랭 드 보통의 말처럼 휴게소는 그렇게 엉뚱한 곳이다. 목적지로 향한 길과 IC를 빠져나가는 길만 있다. 길 위에서 유일하게 일상이 있는 곳, 그러나 오래 머물 수도 없는 곳, 가던 길로 반드시 들어서야 하는 길이 있는 곳이다.

제 차를 찾아간 사람들은 한층 바람을 불어넣은 듯 출발을 한다.

●

나도 또 한번 외쳐본다. '출발!'

　30~40킬로미터를 달리면 다시 수저, 포크가 있는 간판이 보인다. 잡을 수 없는 허공처럼 지나가버린다. 역시 기분이 좋다. 방금 지나간 초록 간판.

불완전 명사와 경비 아저씨

기대야 살아나는 운명, 수많은 명사들 중에 얼치기로 태어난 것이 있다. 불완전명사.

혼자서는 뜻도 없이 맥없이 있다가 앞에서 관형어가 수식만 해주면 벌떡 살아나고, 살아난 이상은 힘이 세다. 일명 의존명사인데 그 중에서도 문맥을 더욱 쥐고 흔드는 것이 있다. 서술어를 꼼짝못하게 하는 '리씨', '수씨', '나위씨'가 그렇다. 수식하는 말은 말[馬]이 되어 앞에서 이끌고 불완전명사는 딱딱하지만 굳게 허리를 편 의자가 되고, 뒤에 오는 서술어는 바퀴가 되어 아는 길로 가는 안전한 장치를 갖는다. 고집불통으로 보일 수 있지만 매력덩어리다.

불완전한 확신, 리씨

'있다' '없다' 중에서만 골라 써야 하는 불완전명사 '리씨'.

'살 리가 없다, 좋아할 리가 없다, 찾을 리가 없다, 그럴 리가 있나?'

처럼 리씨는 정말로 확고하다. 부정과 반문의 의문만 있는 리씨. 때론 무겁게, 때론 결연하게, 부족한 단어를 가지고 펀치를 날린다. 앞에 수식할 말과 '리'만 있으면 주인공 자리는 맡아놓은 당상이다. '없다'만 가지고 잘도 휘두르다가 때론 너무 확고하다 못해 무언가를 인정하기 싫어 억지로라도 반박하고 싶을 때면 '있나'로 반문을 한다. 우리의 예감이나 확신은 또한 불완전하기에 리씨가 있다.

아파트 경비 아저씨 리씨도 그렇다. '그럴 리가 없다'다. 청소를 게을리 할 리도 없지만 끙끙거리며 물건을 옮기는 주민을 도와줄 리도 없고 내가 웃으며 인사를 해도 웃어줄 리가 없다. 그 이상의 기분 좋은 일을 할 리가 없지만 화낼 리도 없다. 주민과 말을 나눌 리가 없고 부딪칠 리가 없고 아는 척할 리가 없어서 누구라도 부담스러울 리가 없다. 너무나 묵직해서 리씨는 '없다' 쪽에서 살다가 가끔 놀랠 일도 한다. 눈이 온 날 자신의 차를 쓸면서 옆에 있는 우리 차의 눈도 쓸어놓았다. '그럴 리가 있나?' 했다. 불완전한 사람이 불완전한 확신을 갖고 판단해서 생긴 일이다. 리씨는 불완전명사, 우리 모두도 그렇게 사는 불완전명사다.

불완전한 자신감, 수씨

'있다' '없다'로 만들어진 골목이 있다면 그곳으로만 왕래하는 알 수 없는 '수씨'.

무언가를 해야만 하는데 하지 못해 불안해보이는 수씨와 충만한 자신감을 당당하게 드러내어 즐거워하는 수씨가 있다. '할 수 없다, 먹을 수가 없다, 그 시간에 맞출 수 없다'처럼 수씨는 불안과 갈등을 내포하지만 뒷말로 단언한다. 그래서 수씨는 '없다'로 강해보이나 힘이 빠질 때가 있고 '먹을 수 있다, 해낼 수 있다'처럼 '있다'가 오면 그 명쾌함이 긍정을 최대치로 이끌 때가 있다. 가끔은 오리무중일 때도 있다. '도'를 달고 다니면 스스로는 자유를 찾는 얌체가 되고 남을 아리송한 바보로 만든다. '갈 수도 있고 안 갈 수도 있다'는 식이면 꽤 머리를 굴리는 불완전명사다.

아파트 경비 아저씨 수씨도 그렇다. 수식어가 붙으면 없는 거 투성이다. 주민이 규칙을 안 지켜도 말할 수가 없다. 거만한 사람에게도 안 웃어줄 수가 없다. 이런저런 부탁을 안 들어줄 수가 없다. 주민의 동태를 누구보다 먼저 눈치채지만 너무 아는 척할 수도, 모르는 척할 수도 없다. 수씨는 잠을 잘 잘 수도 없고 안 잘 수도 없다. 고통을 표시할 수도 없고 네, 네, 안 할 수도 없다. 눈이 오고 낙엽지면 몸이 두 개라도 일을 다 할 수가 없고 한가한 날엔 멍~하지 않을 수가 없다. 어느 날 메타세콰이아 높은 꼭대기에 둥지를 튼 까치를 보고 멍하니 있던 수씨가 글을 써서 보여주었다. 그럴 수가 있었다. 경비 아저씨 수씨는 없다의 길로 다니다가 글을 쓸 수도 있었다. 불완전명사 수씨. 있다와 없다로 단언하지만 우리 모두도 불완전한 자신감, 수씨 인간이다.

풍족한 낭만, 나위씨

외골수 전문 불완전명사 '나위씨'.

'없다'만 껴안고 있어 다른 말은 올 수가 없다. 기분 좋은 태생이니 더 바랄 게 없다. 좋은 말 '더할 나위 없다'가 있으니…, 더 할 수 있는 여유나 필요가 없다는 뜻이다. 안정과 믿음이 뒷받침하는 나위씨, 가끔은 '말할 나위가 없다'처럼 내용상 긍정과 부정의 감정도 있지만 행복한 고백을 하는 나위씨라면 정말 말할 나위가 없다. 최선을 다했을 때나 최선이라고 느꼈을 때, 기꺼이 나눌 수 있는 말, 인정하고 칭찬할 줄 아는 사람만이 친할 수 있는 단어다.

아파트 경비 아저씨 나위씨는 즐겁게 인사를 잘한다. 더할 나위 없이 친절하고 더할 나위 없이 기분 좋게 일을 한다. '잘 다녀오세요, 좋은 시간되세요, 좋아 보이십니다, 제가 할게요'를 더할 나위 없이 골고루 쓴다. 나위씨도 불완전명사라 혼자서는 기분 좋을 수가 없다. 바라보는 사람의 너그러움과 변함없이 대응하는 누군가가 있을 때의 결과로 '없다'가 아름다워진 것이다. 더할 나위 없는 찬사의 주인인 나위씨도 불완전명사, 모자라도 충분히 낭만적이다.

리씨, 수씨, 나위씨. 부족하게 태어나 수식해주는 말에 의존하지만, 살아나면 '있다' '없다'를 분명히 밝혀서 좋다. 불완전한 우리의 경비 아저씨들처럼, 우리 모두처럼….

관계 속에서 살아나고 버티어가는 불완전명사다.

무거운 명령

― 이스마엘 카다레의 『부서진 사월』

   편치 않은 전율이라 서늘하고 싸했지만 멋진 책이다.

   관습이라는 피가 물려준 진하고 텁텁한 냄새가 고통과 희열을 훑는다. 색다른 관습은 호기심을 인질로 끌고 가 세밀하게 수놓은 묘사와 설명으로 끌어들인다. 나는 잔뜩 마음이 부풀기도 했지만 긴장했다. 낯선 나라 고원지대의 전통을 엿보는 관광객으로 따라간다.

   '부서진 사월', 제목은 4월의 아름다움이 부서졌음을 설명한다. 4월은 씨앗과 뿌리의 존재를 자신 있게 드러내는 아름다운 시기다. 그러나 한 청년은 관습법으로 인해 살인을 할 수밖에 없었고 관습법으로 정한 죽음의 유예기간을 살다가 관습법에 의해 복수를 당하는 시기의 이야기다. 이승에서 저승으로 가는 이야기지만 사실은 저승에서 잠시 빌려온 이승의 순간으로 존재하는, 주인공에게는 잔인한 달이란 뜻일 게다.

   작가 이스마엘 카다레는 알바니아 사람이다. 그곳 고원지대의 오랜 관습을 밝히는 동시 관습이 누군가에게는 고통이라고 말하고 있다. 아니라면 상징적 의미가 숨어 있을지 모른다. 공산체제에서의 부조리에 대한 은유라든가.

한 나라 관습의 밖에 있는 나는 그 관습을 낯설게 바라보지만 빨리 이해하려 노력한다. 그건 내 삶이 그 속에 있지 않고 내 삶이 그것에 지배받지 않아서 그렇다. 이해가 어렵다 해도 흥미로운 건 사실이고 뭐라도 이해하자고 작정한 여행자로서 보니 수월하다.

몽테뉴는 「식인종에 대하여」라는 에세이에서 사람은 누구나 자기 관습에 없는 것을 야만이라 단정한다고 했다. 남미 어느 식인종의 문화를 유럽인들이 '미개'라 말할 때 몽테뉴는 유럽이 더 나을 게 없다고 했다. 이해하지 못할 문화란 자만심의 표출일 뿐이다.

저 알바니아의 북쪽 산악지대 전통도 그렇다.

알바니아인들은 '카눈'이라는 관습법에 의해 죽은 자의 가족이 복수할 수 있는 자유가 있다. 복수는 가문의 명예를 위한 숭고한 의무다.

주인공 그조르그는, '그때 살인이 이뤄지지 않았더라면 이렇게 몇 대에 걸친 복수극은 없을 거'라 생각하지만 부질없다. 그에게 일어난 일은 이미 일어난 일이고 현재는 미래의 죽음을 위해 있을 뿐이다. 전통법 카눈은 삶보다 죽음에 초점을 두었다.

그는 보아왔다. 그의 어머니가 일 년 반이나 피로 얼룩진 형의 셔츠를 집 위층에 걸어놓은 것을. 복수를 위해 장시간 매복을 했고 스무 번째 날, 형을 죽인 자가 지나갔고 그조르그는 총을 발사했다. 관습에 따라 시체를 반듯하게 뉘어놓고 그 자리를 떴다.

"그조르그가 형의 복수를 했군요."

그제야 뽀얗게 빨아널은 형의 셔츠가 안마당의 빨랫줄에서 나부꼈다. 경쾌하게 부풀어오는 셔츠와는 반대로 그조르그는 다시 언제 당할지 모르는 복수를 기다려야 하는 처지가 됐다.

중재인이 24시간의 베샤(적어도 24시간 동안 피를 흘리지 않을 휴전)를 요청하면 죽은 자의 장례식이 치러지고 살인을 한 자가 참석하는 기막힌 관습이다. 여인들은 관습에 따라 자신의 머리칼을 뽑고 손톱으로 얼굴을 할퀴어 피를 흘리고 살인자와 죽은 자의 가족과 친척이 식사를 함께하는, 슬픈 하루가 있다.

장례를 위한 베샤가 끝나면 30일 간의 휴전(베샤)에 들어가 죽음의 유예기간을 보낸다. 그 후 다시 복수의 대상이 되어 숨어지내는 처지가 된다. 관습법은 이 젊은 청년의 시간을 불안과 체념으로 갈아내고 있다.

허락된 유예기간, '절반의 삼월과 절반의 사월, 한 줌에 불과한 나날들, 끔찍하게 긴 쓸데없는 덤' 동안 관습에 따라 살인자는 성으로 가서 살인을 저지른 죄에 대한 세금도 물어야 한다. 죄의식을 빠져나가게 하는 피의 회수금인 셈이다.

그조르그는 피의 값을 치르고 돌아오는 길에 한번 본 디안이라는 여자의 아름다운 눈동자를 보고 싶어 다시 집을 떠난다. 베샤가 끝나기 직전이다. 베샤의 시간이 끝나자마자 잠복하고 있던 누군가에 의해 총을 맞는다.

복수는 정당한 것인가. 분노는 고통이지만 복수는 쾌감이라고 한다. 신경과학자들은 복수할 때와 코카인이나 초콜릿을 갈구할 때 뇌의 활성 부위가 같다고 한다. 복수로 향하는 심리적 정당성, 어쩌면 그것은 분노를 넘어 정의를 지켰다는 쾌감일지 모르나 관습이 방어해주고 관습이 부추기는 이 복수의 정당법은 불행해 보인다.

전통이 지배하는 사회에서 개인은 벗어나기 힘들다. 넘어서기 쉽지 않다. 살면서 누구든 전통의 부조리에 거부감을 느낄 수 있다. 가족 간의 마찰과 세대 간의 수없는 비틀림이 있고 나서야 깨질 수 있는 것이 전통 관습이다. 그래도 우리의 제사의 일부나 삼 년 여묘살이나 칠거지악, 순장 같은 것은 없어졌잖은가.

아직도 남아 있고 그래서 누군가에게는 부당한 전통은 어느 나라에나 있다. 숙명이라고 받아들였던 관습이 아이러니하게도 매력적이고 슬픈 이유는 많은 세대가 지켜왔던 길이기 때문일 것이다. 누군가에게는 슬픔을 주는 통점이 박혀 있어서일 것이다.

한 개인이 무얼 할 수 있을까 하는 의심이 오랜 동안 뭉쳐지면 힘이 될 수 있으려나. 끊임없이 모인 힘이 스며들어야 관습은 아주 느리게 바람이 들고 푸석해지리라는 것을 알겠다.

책장을 덮는다. 커다란 세트장을 빠져나온 것처럼 그 안의 삶과 그 밖의 삶에 잠시 멍해진다. 가슴에서 울린 '탕' 하는 총소리로 잠시 마음이 텅 빈다.

사월의 빨랫줄에 무거운 명령이 바람에 날린다. 삶과 죽음의 냄새가 바람에 날린다.

슬프고도 아름다운 표현들이 매달린다.

뽕뽕다리 위에서

가문 천川은 얕았다.

회룡포 마을을 휘감는 물길은 멀리서도 순해보였다.

모래사장과 물이 반반, 모래를 적신 곳이 어디부터인지 모르게 물이 얕았다. 뽕뽕다리 위에서 간신히 물이 보인 건 순식간에 몸을 꺾는 송사리 때문이었다. 물은 귀엽도록 작은 춤을 추고 있었다.

뽕뽕다리에 올라 몇 걸음 걸었을 때 반짝이는 뭔가를 보았다. 따라가지 못한 눈길을 남기고 두어 발짝 더 떼자 너무나 작은, 존재를 알리는 송사리 떼가 보였다. 또 한 발짝 떼자 그것보다 더 자란, 신통하게 이만큼이라도 자랐다는 듯 몸태가 드러나는 송사리가 놀고 있었다. 미세하지만 여러 마리가 몰려 있어서 차이가 보였다.

그러고 보니 물의 깊이가 아주 조금씩 깊어지고 있음을 알린 건 송사리의 크기뿐이 아니었다. 뚜렷이 보이는 바닥의 돌멩이까지의 거리감도 햇살을 받아 한몫했다.

●

어찌 아는 걸까. 제게 맞는 두께의 물살을, 동료와의 어울림을. 그리고 햇살의 참견을.

나는 뿅뿅다리 중간에 서 있었다. 걸어온 만큼과 다시 걸어가야 할 만큼의 대칭의 지점에서 햇살이 내 등을 만질 때 웃음이 나왔다. 그 중 큰 놈들이 여기 다 모였구나 하면서. 다시 얕아지는 물의 깊이와 서서히 작아지는 무리의 송사리, 바닥까지의 투명성, 물에 적시었는지 아닌지 모를 모래와의 경계를 보며 이 단순한 사실이 신기해졌다. 생뚱맞게도 마트의 조기가 생각났다.

조기두름 앞에 선 내 눈은 정확한 비교를 위해 심각하게 집중했던 적이 있다. 조기두름이 그만그만한 것 같은데 가격대 별로 진열된 것을 보면 내 나름 가격과 크기를 잘 가늠하여 만족할 선택을 해야 했다. 순전히 내 선택을 칭찬하기 위한 집중인데 그런 행운은 없었다. 아주 미묘한 차이로 가격이 나누어진 조기두름. 사람이나 기계의 세심한 분류가 신기했었는데 송사리 떼도 그렇게 끼리끼리 알아서 모여살다니 기특하고도 다행이란 생각이 들었다.

살기 위해서 최적점을 찾은 것, 제가 감당할 수 있는 물살에서 어울리며 방향을 트는 송사리가 빛나보였다.

드론이나 헬리콥터가 아니면 계곡의 줄기를 알 수 없듯 뿅뿅다리가 아니면 알 수 없었을 일. 물살을 가르고 걸어갔다면 내 종아리는 송사리를 쫓아내는 일만 했을 텐데 물 위로 가깝게 놓인 뿅뿅다리가 있어 들여다볼 수 있었다.

●

내가 책을 읽고 글을 쓰는 이유도 그럴 것이다. 분주하고 질퍽한 삶에 들어가 그것을 헤쳐나가기 위함이 아니라 뿅뿅다리 위에서처럼 작은 것이라도 가깝게 들여다보기 위함일 것이다.

제2장

낯설거나 새롭거나

❀ 산들이 길을 얼마나 귀엽게 바라보는지, 나무들이 길을 보고 어떻게 웃고 있는지, 담장들도 길을 얼마나 깊은 속정으로 사랑하는지.

—「둘레길 소묘」

환희와 환희가 아닌 것에 대하여

홍얼거리며 손자를 쫓고, 조심스럽게 노부모를 위해 가던 길 멈춘다. 모든 게 잠깐일 것이고 금세 잔잔해지다 없어질 거라는 생각이 든다.

그러다보면 내 삶이 어느 쪽에 와 있는가를 알겠다. 멀어진 쪽에는 감동이 강해지는데 가까워진 쪽에 대해는 머슬머슬하다. 환희가 되어주는 힘과 환희가 아닌 소멸의 힘 사이에서 반추와 상상으로 나를 다독인다. 지금 선 자리가 환희라고 말하려는데 감성은 오락가락한다.

유치乳齒와 틀니

손자의 삐죽 난 앞니를 보고 또 며칠 안 본 사이 역사를 썼구나 싶어 흥분한다. 박수를 치고도 모자라 안아주고 영양 많은 이유식이 필요할 때라며 부엌으로 간다.

아버지의 쏙 들어간 입, 처음 보는 잇몸, 잠시 숨을 고른다. 철렁 내

러앉는 내 기억, 아버지가 아니다. 컵 속에 담긴 틀니와 달라진 얼굴을 보고 아버지를 다시 기억하려 한다. 충격의 힘으로 온 각인, 나는 그것을 물리치지 못했다.

이유식과 죽

온갖 영양을 생각해 이유식을 만든다. 좋은 온도로 식혀서 떠먹인다. 손자의 입을 벌리게 하려고 내 입을 '아~' 벌린다. 내 벌린 입, 손자가 꿀꺽 삼킬 때 닫힌다. 내가 그렇게 수다스러웠던가, 목이 쉬어라 칭찬한다. 떨어진 밥알 마땅히 놓을 데가 없자 내 입으로 얼른 넣는다.

아버지의 흰 죽은 병원의 조명 아래서 반질반질 윤기가 돈다. 윤기 없는 입술 끝에서도 빛이 난 흰 죽이 묻어나오면 나는 그것을 물휴지로 닦는다. 허전하게 움직이는 아버지의 턱을 보니 내 턱이 뻐근해온다. 입을 닦고 난 물휴지를 쓰레기통에 넣으니 먹여드리는 일도 죄송스럽다.

애기옷과 환자복

손자의 옷을 입힌다. 잠시라도 추울까봐 이리저리 쏙쏙, 윗도리와 바지를 잽싸게 입힌다. 구겨도 구겨지지 않을 것 같은 연한 살과 뼈 그리고 작은 옷, 예뻐서 껴안아본다. 이렇게 보드라운 생명체를 다시 만나다니 환희다.

아버지의 옷을 갈아입힌다. 이리 젖히고 저리 젖혀서 간신히 윗도리 환자복을 입힌다. 주사바늘에 늘어진 줄들도 옷을 통과한다. 무거운 뼈와 푸시시한 살갗. 90년 넘게 먹어온 음식 다 소진하고 뼈와 살갗이 붙으려나보다. 움직일 때 살은 피부였는데 누워 있으니 살은 가죽이다. 한평생을 책임진 실체, 몸인데 환희가 아니다.

걸음마와 부축

손자가 뒤뚱뒤뚱 걷는다. 카메라를 들이댄다. 균형이 뭔지 모르는 손자, 가벼워서 넘어질 때마다 축하를 한다. '잘했어 잘했어.' 평생 걸을 방법이기에 환희다.

걷지 못함을 인정할 수 없던 아버지가 기어코 잡아달라신다. 겨드랑이를 붙잡은 나는 천근만근, 아버지의 발걸음은 무거워서 손자보다 느리다. 발이 떨어지지 않는 바닥, 멀고도 깊어 보인다. 90년 전 누워 있던 바닥, 그 역할을 하려나보다. 한 걸음 한 걸음 환희가 아니다.

응가와 뒷일

손자가 '응가'를 하면 귀엽다. 인상을 살짝 쓸 때마다 그것이 기특하다. 엄마는 엉덩이에 코를 대고도 인상이 환하다. 응가를 살피고 기저귀를 갈아준다. 먹일 때 신경썼던 것처럼 그렇게 신경이 쓰이는 귀여운 배출물이다.

아버지는 고통 없이 뒷일을 보고 그 고통 없음을 부끄러워한다. 아버지의 뒤를 보는 일이 올 줄 몰랐다. 아버지는 모른 척 눈을 감고 계셔서 다행이었고 나는 내가 부끄럽지 않은 것이 이상했다. 위안을 받았다. 딸이 맞구나.

낯가림과 섬망

며칠 만에 보는 손자가 부끄러워했다. 낯선 것을 아는구나. 익숙한 것에서 살면서 평생 낯선 것과 만나고 또 익숙해지며 세월을 쌓는 이 게임을 알기 시작했구나. 그것도 환희다.

며칠 만에 본 아버지가 '누구요?' 했다. 조금 후 정신이 드셨다. 익숙한 딸의 얼굴, 멀뚱 처다보신다. 익숙한 것들이 낯설어가고 먼 기억이 선명하게 다가오고 현실과 현실 아닌 것이 부딪치는 이 섬망, 환희가 아니다.

낮잠과 잠

잠든 손자의 얼굴, 구부리고 엎어지고 멋대로 자는 모습을 바라본다. 낮에도 자고 밤에도 잔다. 덜 잤다고 울고 이제 자야겠다고 칭얼대도 어화둥둥 내 사랑이다. 달콤해보이는 깊은 잠, 세상의 온 평화가 깃들어 있는 듯, 들여다보다 나는 참선을 찰라 했나보다.

아버지는 낮잠을 자고 나서 '지금이 아침이야?' 한다. 낮에도 자고 밤에도 자고 낮에도 깨어 있고 밤에도 깨어 있다. 집에 가야겠다고 하다가 잠을 잔다. 아버지의 잠을 들여다보니 만약에 자는 일도 지치면 저 모습대로 가시겠구나 싶다. 이제는 요양사에게 맡긴 아버지의 몸, 바라만 본다.

환희와 환희가 아닌 것 사이를 오가는 요즘, 생로병사를 일찌감치 깨달은 젊은 부처가 대단해 보인다.

우리는 깨닫고 싶어 사는 건 아닌 것 같다. 다만 조금 느끼는 거다.

3인의 독백

나는 딸이다

　오르는 전세값과 집값을 볼 때마다 현관문을 열고 닫는 일이 불안했다. 안정성이 없는 한해는 빠르기도 해서 머무는 시간이 짧게 느껴졌고 '짐을 싸야 되나?' 하는 불안의 시간은 길기만 했다. 나는 이런 심리적 대기상태가 싫었다. 대출을 받아 집을 사기로 했다. 맘에 드는 위치는 아니지만 그런 것은 미래로 남겨두고 계약을 했다. 그런데 너무 바쁘다. 오늘도 자정쯤에 집에 들어갔다 다시 출근했다. 잔금을 치르는 날에도 나갈 수가 없다. 직원 중 한 분이 그만둬 과중한 업무가 쏟아졌고 하필 요즘 새 프로젝트로 윗분과 갈등이 있던 차였다. '점심시간에 잠깐 나오는 것도 안 되냐'고 당연히 묻고 싶겠지만 정말 그것도 어렵다는 사실에 화가 났다. 예민해져 있는 나에게조차 화가 났다.

　엄마를 내 사무실까지 오게 하여 내가 준비한 것을 가지고 다시 부동산 일을 보게 하는 것도 미안했는데 길이 밀려 약속시간에 늦는다는 엄마의 전화를 받자 불안까지 겹쳤다. '미안합니다, 조금 늦을 수 있답니다'는 말에 매도인은 폭력적 말과 함께 전화를 끊었다. 회의하다 말고 나는 딱딱한 막대기가 되었다. 회사에는 막다른 각오라도 할 참으로 택시를 타고 부동산으로 갔다. '이렇게 올 수 있는 걸 왜 그딴소리는 했느냐'는 매도인의 무서운 눈빛도 싫었다. '하필 험한 사람을 만나다니' 생각하며 엄마를 기다리는데 길까지 잘못 들었다니…. 매도인과 마주앉아 눈길을 피해봐도 침묵이 무기처럼 살벌하게 앉아 있고 나는 또 늦어질 사무실 걱정도 되었다. 굳어진 내 얼굴로는 힘들게 들어서는 엄마를 반겨 웃을 수가 없었다.

부동산 앞에서 엄마와 헤어졌다. 사무실로 가는 도중 한없이 우울했다. 힘들게 얻은 직장 힘들다고 그만둘 수도 없다. 나를 강퍅하게 하는 이 무엇들에게 내가 무너지고 있는 게 아닐까 싶었고 힘듦이 짜증으로 쌓이는 정서가 무서웠다. '엄마 미안해요, 미안해요. 내가 왜 이렇게 됐는지, 정말 사라지고 싶을 정도로 바쁜 현실이 슬퍼요.' 속으로 읊어지는 이 말에 또 괴로웠다.

나는 매도인이다

나는 빚쟁이다. 구차해서 자세한 사연은 말하지 않겠다. 부동산 사장이 살짝 내 사연을 흘렸을지는 모르겠다. 나는 내 집을 사는 사람과 말을 할 필요도 친절할 이유도 모른다.

●

나는 밤에 일하는 사람이라 낮에 약속 잡기가 힘들다. 밤새 동대문 시장에서 짐을 지고 계단을 오르내리다 일을 마치고 자러 들어가는 시간에 잔금거래 약속을 잡았다. 그리고 오늘 잔금을 받자마자 그 돈을 기다리는 은행이 또 있다. 나도 한때 희망의 대출을 받았지만 지금은 암담한 빚일 뿐. 가까스로 이 집을 산 건 무주택자였고 이 지역 주민이어서 분양을 받았는데 살아보지도 못했다. 전월세를 놓아 융통을 해봤지만 이제 어쩔 수가 없어 집을 내놓았다. 집을 잘 팔았어도 기분이 나빴다. 나보다 한참 젊은 것들이 사는 내 집, 부아가 치밀었다. 계약금을 받고 보니 자꾸 오르는 것 같아 '안 판다'고 했다가 어쩔 수 없이 부동산 수수료라도 더 빼보려고 꼼수를 쓰긴 했다. 300만 원 더 안 주면 안 팔겠다고. 좀 상식 없이 챙기긴 했지만 그렇다고 기분이 좋아질 리도 없다.

내 인생에서 찾은 해결 방법, 꼭 나쁜 것만은 아니었는데도 계속 맘에 안 들었다. 열심히 사느라 바빴을 뿐인데 이제 내 얼굴은 가만 있어도 험상궂어 보인다. 안 그래도 화나 있는데, '늦는다'고? 화가 치밀어 소리를 쳤을 뿐이다. 나는 잘못이 없다. 난 얼른 돈을 받아 해결할 일이 있고 집에 가서 잠도 자야 하니 멀쩡한 너희의 낮과 밤이 아니다. 난 이미 많이 속상해 있는 놈이다.

나는 엄마다

나도 바쁜 사람이지만 딸 앞에서는 한가하다면 한가하다. 벅찬 업무 때문에 딸과 사위가 못할 일이 있다면 도와줄 참이었다. 오늘은 딸의 사무실로 가서 딸이 준비한 것을 받아 부동산으로 가야 한다. 비가 오고 있어 차가 10킬로로 달린다. '아무래도 차가 너무 밀리니 매도인에게 좀만 기다려달라'고 딸에게 부탁을 했다. "이해할 사람이 아냐, 어쨌든 늦는 우리가 잘못한 거지." 기분이 살짝 묘했다. 나는 핸들을 돌려 직접 부동산으로 가겠다고 했고 딸에게도 아무리 힘들어도 나오라고 했다.

시간보다 일찍 가겠다 싶었는데 빠져야 할 길을 놓쳐버리고 말았다. 진땀이 났다. 1초 1초 가슴을 졸이며 도착하니 정확한 약속 시간이었다.

무겁고 썰렁한 분위기를 깨기 위해 상냥하게 인사도 했다. 딸은 그럴 필요도 없다는 냉담한 표정으로 나머지를 건넸다. '다 됐다'는 중개인의 말이 떨어지자 매도인은 입을 꽉 다문 채 뒤도 없이 등을 돌리고 나갔다. 시리고 서운한 바람이 훑고 지나갔다. 필요에 의해 집을 사고파는 이 두 사람, 무엇이 상냥함을 가로막는 걸까.

밥이 안 들어갈 것 같다며 급히 사무실로 가는 딸을 보내고 가슴이 싸했다. 다행인지 하필인지 비가 세차게 쏟아졌다. 식당이라도 들어가 숨을 돌리고 싶었다.

밥은 방금 전 마음을 애써 잊으려는 딴청거리였다는 걸 알면서도 밥이 안 넘어가는 게 속상했다. '이해하자' 하면서도 참고 있던 화가 목에 걸렸다.

●

73

‘힘들게 간 엄마에게 너 왜 그래?’ 카톡을 보냈다.

‘엄마 미안해, 정말 미안해. 나도 지금 내가 싫어.’

　　열심히 현실을 사는 일이 때론 마음을 해친다는 게 아팠다. 지친 마음이 얼마나 무서운 건지 안타까웠다. 이해로 가는 통로에서 독백이든 방백이든 서로 들어주고 말할 여유가 없는 삭막함이 슬펐다.

둘레길 소묘

길

산들이 길을 얼마나 귀엽게 바라보는지, 나무들이 길을 보고 어떻게 웃고 있는지, 담장들도 길을 얼마나 깊은 속정으로 사랑하는지, 지리산 둘레길 3코스를 걸으며 알았다.

길은 사유私有와 공유公有의 미덕을 가르는 집 담장을 스치고 벌판을 지나 산의 옆구리를 지난다.

숨찬 날숨 받아주고 달큼한 들숨 내주는 산길을 오르내리길 여러번. 계곡을 가로지르기도 하고 산과 산 사이의 은밀한 골을 파고들다가 몇 번쯤은 멀리 시선을 두어 산등성이를 본다. 연리지 아래서 한숨 돌리고 내려보니 산과 산의 경계를 알리듯 하얗고 뚜렷한 것이 있다. 길이다. 산허리를 돌고 있는 길이 아기 핏줄처럼 깨끗하다. 햇살과 초록나무 숲이 공조한 풍경이다.

길은 산 따라 물 따라 굽어져 꼬리를 감춘 것처럼 사라지지만 그

길도 몸뚱이이지 꼬리가 아니다. 머리도 꼬리도 찾을 수 없는 긴 백사白蛇의 꿈틀거림을 문신처럼 골마다 새겨놓은 듯하다.

길이 있어 산의 웅장한 몸을 보고, 푸근한 허리를 만지며, 바닥의 들꽃을 본다. 길이 있어 뒤돌아볼 수 있고 가야 할 길을 본다. 길은 보여서 아름답고 안 보여서 그리움이 난다.

흙길을 걸을 때면 대체로 숲속에 있다. 흙길은 대지의 순수한 피부. 난, 피부를 기분 좋게 발로 만지고 대지에 솟은 것들을 기억에 모아두느라 숨이 차다.

동구재를 넘으며 숨을 고른다. 남원과 함양, 전라도와 경상도의 경계를 알리는 소박한 이정표를 읽는다. 많은 걸음이 눌러쓴 역사를 글씨 몇 개가 명명하고 있다.

아주 작은 구분의 땅. 요란할 것도 없는 공간이 있다. 나뭇잎 사이를 뚫고 나온 햇살을 피하며 올라온 길을 본다.

그 글씨 몇 자에 저절로 순종하고 싶어져, 잠시 쉰다.

집

집은 길이 아니다.

집은 길에 있지 않으려고 길 옆에 담을 두었다.

지리산 아래 작은 마을, 돌로 담을 쌓고 풀과 꽃과 나무를 울 안에 들이고 조용하다. 햇살 가득하니 평화롭다. 지나가는 나그네여서 그렇게 보이는가, 길에서 바라보아서 그런가, 담 너머로 보아서 그런가.

무슨 삶이 있는지 알 수가 없지만 길이 고맙고 내가 나그네일 수 있어서 고맙고 담이 있어 고맙다. 몇 채의 집들은 산의 피부에 난 두드러기 같지만 그것마저 아름답게 보인다.

길만이 삶이 아니라는 것을 집은 안다. 짐을 내려놓고, 풀어놓고, 가끔은 더 수선스럽기도 한 집이다. 그래서 간지럽기도 할 것이다. 긁어서 시원하기도 하고, 따갑기도 하고, 때론 피가 나고….

담, 그 존엄한 예의. 햇살이 우리의 소리를 명랑하게 만든다. 담 너머 쪽으로 흘러가도 괜찮겠다 싶다.

아름다움은 부딪치는 곳에서 온다는 것을 가끔 계곡의 물소리가 알려준다.

고개를 넘으니 멀리 천왕봉이 보인다. 지리산의 길고 먼 능선이 넘으려 하지 말고 오래 바라보라 한다. 그곳에 우리가 묵을 집이 있다. 반가움에 환성과 함께 걸터앉은 마루. 겹친 산들이 평면의 수채화가 되고 명암이 살아난다.

마루에 걸터앉으니 속이 시원하다. 통곡보다 더 절실하게 터진 '행복하다'는 말.

바로 길 옆에는 일손이 없었는지 고사리가 쇠서 초록 풀밭이 되었다. 주인은 바쁜가보다. 산속에 살아도 그 길어진 고사리 키만큼의 시간이 모자랐을 것이다.

언뜻 보면 버려진 땅 같은데… 버려진 땅이란 것은 없다. 어떤 땅이든 잘 살아 있는 거다. 황량한 몽골의, 아프가니스탄의, 지리산 어느 골의 어떤 땅이든.

다닥다닥 붙은 청매실과 깨알처럼 이제 올라온 오디 열매를 눈으로만 본다. 만지고 싶지만 누구의 시처럼 손 타게 될까봐. 그렇지 않겠지만 '또르르 떨어지는 토란잎 위의 물방울처럼' 뭐라 할 수 없는 연민 때문인 것 같다.

집, 온돌에 앉으니 누구랄 것 없이 숨기고 싶었던 이야기가 말하고 싶은 이야기가 되어간다.

진한 집이다. 무슨 삶이 있었는지 조금씩 내려놓는다.

별

하늘을 보기에는 이렇게 힘든 목을 가졌었구나.

많이 보고 싶어서 고개를 꺾으니 힘들었다. 오래 볼 수가 없다. 아예 길에 누웠다. 낮에 달구어진 열기는 없고 이슬이 내린 바닥이다. 냉기가 올라오지만 그쯤은 참는다. 반짝이는 별을 수평으로 보자고 눕자 하늘은 스스로를 둥글게 말아 나를 감싼다.

별이 바람에 스치나 했더니 별이 고요에 스친다.

내가 본 별이 몇 개 안 되듯 내가 알고 있는 세상은 극히 작은 일부. 지리산 속에서 별 몇 개를 더 본 대도 별을 아는 것은 아니다. 다만 별이 더 있었구나를 아는 것.

바라볼수록 별은 커져서 고흐의 별처럼 다가온다.

밤하늘에 별을 보는 것은 어둠이 있기 때문이라는 평범한 진실을 깨달으며 반짝이는 것도 멀어서 그렇다고, 방해물질이 있어서 그렇다고, 세월이 그리 흘러서 그렇다고, 내 시력이 철저한 게 아니라서 그렇다고 인정한다. 반짝인다는 것은 의태어라 그렇다고, 새가 울든 지저귀든 귀로 온 것을 마음이 걸러낸 것이라고 인정해도 '반짝인다'는 것은 여전히 신기하다.

별은 오늘 밤 나에게 다이아몬드로 온다. 함부로 자랑도 못할 선물, 간직할 선물로 온다.

별이 손가락으로 들어오고 나는 신부가 된 맘으로 떨려온다.

이슬이 가득 내려앉는다. 사람은 길 옆의 집으로 들어가라 한다. 황토방으로 들어가 눕는다. 별은 창에도 가득하다. 나는 잠이 들었나보다.

내 손은 가득한 빈손, 밤은 고요하다.

절대로 절대로

'절대로'라는 말을 절대로 하지 말자고?

맞아 맞아. '절대로'라는 말은 하는 게 아니었어. 봐봐. 얼마나 뼛속 깊이 새겨진 결심이었으면 절대로라는 단어로 무장했겠어. 그런데 자신도 모르게 다짐이 스르르 무너지고, 흐물흐물 녹고, 계면쩍게 사라지고 나면 뻔뻔해져야 하는 게 인간이잖아. 주워 담을 수 없으니 어쩌겠어. 방법은 내가 잊은 척, 당신이 잊어 기억 못하는 일인 듯하는 것. 흐흐. 그것뿐이라니까. 사람은 변하니까. 당신이 혹 기억력이 좋아 기억한다면 잊은 척하길 바라는 맘뿐인 거지. 아니면 제발 잊었길 바라는 행운도 기다리는 거고. 그래그래, 그럴 땐 '난 기억 못해요' 그렇게 대답해주는 게 예의가 아닐지.

세상에 태어나서 내가 '절대로'를 생각한 건 사춘기 때 부정하기 시작한 '엄마처럼 아버지처럼 안 살 거야'부터였어. 절대로라는 의미를 제대로 알았는지는 모르겠어. 긍정의 힘으로는 절대로라는 말은 쉽게 안 나오는 거지. 어쩌면 그것도 자아정립의 기틀을 단단히 박기 위한 역할은 한 거야.

그 후, 더 커서는 난 절대로 밥 먹고 식당 앞에서 이쑤시개로 이를 쑤시며 나오진 않을 거야. 난 절대로 관광버스 안에서 마이크에 대고 소리 지르고 둥둥 뛰진 않을 거야, 난 절대로 살이 찌지 않을 거야, 난 절대로 돈의 속물이 되지 않을 거야, 난 절대로 술에 취하지 않을 거야, 난 절대로 내 자식에게 비인격적인 행동은 안 할 거야, 난 절대로 애들에게 맹ᄒ모가 되지 않을 거야, 난 절대로 추하게 늙어가지 않을 거야, 난 절대로 밥 먹으라고 밥 먹으라고 억지부리는 부모가 되지 않을 거야. 나 자신을 잃어가면서 살지 않을 거야, 난 절대로 목욕탕에서 왼쪽 등짝을 치면 오른쪽으로 돌아눕는 일은 안 할 거야, 난 절대로 남의 흉을 안 볼 거야, 난 절대로 종교에 빠지지 않을 거야, 난 절대로 자식에게 쩔쩔매다가 허망해하지 않을 거야, 난 절대로 버스나 지하철에서 자리를 덥석 넘보지는 않을 거야. 난 절대로 부모에게 못되게 안 할 거야, 난 절대로 내 할 도리를 다할 거야, 난 절대로 부스스하게 하고 다니지 않을 거야, 난 절대로 유행이나 센스에 뒤처지지 않을 거야, 난 절대로 강아지 안고 다니는 여자가 되지 않을 거야, 난 절대로 애기 사진이나 보여주는 할머니 되지 않을 거야, 난 절대로 자식 사진 자랑하며 보여주지 않을 거야, 난 절대로 자기 자랑하는 여자는 되지 않을 거야, 난 절대로 잘난 척하지 않을 거야, 난 절대로 나이 먹으면 말 많이 하지 않을 거야, 난 절대로 껌 종이 하나라도 버리거나 신호 위반 하나라도 하지 않을 거야, 난 절대로 나이 먹으면 나서지 않을 거야, 난 절대로 나이 먹으면 묻지도 않은 말에 참견하지 않을 거야, 난 절대로 남을 무시하는 말은 하지 않을 거야. 아아, 수도 없이 절대로를 결심했던 일들이 기억조차 없어졌어.

그러다 어느 날, 슬그머니 슬그머니 나도 모르게 웃기게도, 절대로라는 말의 어리석음을 알아가기 시작했던 거야. 어느 날 언니가 강아지를 집에 맡길 수밖에 없는 일이 생겼고 나는 그 털과 오줌과 낑낑댐을 껄끄럽게 받아들였는데 하룻밤을 지내고 다음 날이 되자 내가 이뻐죽겠다는 제스처를 보내고 있었지 뭐야. 어, 왜 내가 이렇게 된거지?

절대로라는 말을 함부로 했던 거지. 알지도 못하면서… 그런 일이 한두 가지겠어? 은근슬쩍 다 무너지고 있었음을 알았지. 인생을 절대로로 무장할 게 아니었어. '되도록'이라고 해야 하는 거였나봐. 하지만 절대로라는 말이 더 속 시원한 결심같아 보여서 그렇게 외쳐댔던 거고 그만큼 자신 있었던 젊음이 뒷받침해줘서 가관이었던 것도 같고. 그러니 이제 와 웃긴다고 그걸 구체적으로 기억해내려고 노력하진 않겠어. 절대로 흐흐.

산통이 시작되는 딸 앞에서 나는 배가 고파 김밥을 먹고 커피를 먹지 않을 수 없어서 그것도 홀짝 마시고 있었지. 그러다 진통이 잦아지자 나는 가슴이 뛰는가 했는데 분만실에서 애기 울음소리가 났어. 나는 울고 말았지. 딸이 난 자식인데 난 왜 세상에 생명이 하나 나온 것에 대해 그리 감동해버렸는지 그날 이후로 난 바보가 돼버린 거야. 생명에 대해, 새끼에 대해. 손녀바보, 절대로 이러지 않아야 한다고 생각했던 악센트 강한 것 중에 하나였는데 내가 그 그물에 걸려든 거야. 시도 때도 없이 카톡으로 애기 사진을 보내주길 바라고 절대로 나는 손녀자랑 손녀바보가 되지 말아야지 했던 그 이상한 나를 보며 아, 세상에 절대로는 없구나 하고 흐물흐물 겸손해진 거야. 어쩌면 좋아. 바보가 따로 없고 푼수가 따로 없어. 어떤 이가 '경이의 세계에 들어오셨군요'라는 말을 해주니 너무나 고마워 그 사람이 좋아질 지경이었다니까.

절대로라는 말도 지켜져야 할 게 있고 버려야 할 게 있었던가봐. 감정의 흐름이나 정서적 판단의 것은 장담할 수가 없다는 걸 알았지. 규범이나 질서에 속하는 거면 절대로라는 말을 계속 써먹을수록 우리 사회가 좋아지겠지. 그렇지 않은 다름의 문제, 그것은 함부로 말할 게 아니었어. 사랑이나 정이 흐르는 강물에서 어떻게 물살을 타지 않겠어.

그래도 조용조용, 절대로라는 말로 결심했을 때는 나름 객관적 시각이 있었던 거야. 그때를 기억해야 해. 그래서 감춘 행복을 품고 지켜내는 노력이 필요한 거지. 조용조용 나는 할머니 손녀바보가 된 거야. 절대로 발설하면 안 되는… 흐흐.

별명들아 잘 있니

너희나 나나 서로에게 실컷 들컸다.

철없이 표내다가 엉큼하게 숨어도 엎치락뒤치락 반죽한 세월이 우리 사이를 그런대로 찰지게 만들었으니 이젠 예쁘게 봐주고 가까워지고 싶다. 친숙의 표시로 너희에게 별명을 지어준다.

내 눈에 띈 너희는 나를 멈칫하게도 하고 생각을 많이 흔들어놓기도 했다. 이제부터 너희의 정체를 분명히 하고 애증의 모호함마저 공개하여 예의를 지키며 살갑게 대하고 싶다. 서로 안쓰럽게 봐주는 관계이고 싶다.

존칭이나 직급을 두어서 대우하거나 홀대하지 않겠다. 끈적거리는 애정이나 낯간지러움은 피하고, 험한 것도 피하고, 처량한 것도 피하여 환갑을 넘어온 우리 서로에게 다정함이라도 나누고 싶다.

머리카락

　너는 삼손이라 하겠다. 여자인 나에게는 참으로 중요한 힘이지. 한 올 한 올의 힘이 모여 스타일을 유지한다. 개성이 없는 내 얼굴에 숲의 정령이 흔들리듯 파머의 웨이브를 탄 네가 결을 이루며 내 이미지를 보충해주었다. 한 인간의 명함 격인 얼굴에 영향력 있는 존재임을 알면서도 때론 거침없이 내 맘의 통증을 덜어내기 위해 싹둑 덜어내기도 했다. 그래도 너의 힘은 나를 조종한다. 취향과 여유와 준비성도 말해주고 있지. 네가 내 맘에 안 드는 날이면 나는 힘이 없고 자신이 없어지고 숨고 싶어진다. 그러니 넌, 힘을 돋게 하는 협력자 삼손인 거야. 사람들은 너의 움직임을 '말을 잘 듣는다 안 듣는다'라고 표현하지. 제법 고집도 있는 모양이지만 내 정성이 있는 한 나의 눈빛 속에 살아 있는 자신감만큼 너 삼손도 광채나게 사는 거야.

집게

　의학용어를 모르니까 너는 그냥 집게지. 잘 있는 거니? 비행기에서 바라본 강물처럼 뇌혈관이 CT 사진 속에 있지. 너는 강물 옆 나루터처럼 보인다. 말썽부린 나의 머릿속 뇌동맥류를 벌써 10년째 네가 꽉 물고 놔주지 않아서 피는 제 길로 통하고, 나는 살고 있어. 아무도 모르는 어둠 속 두 군데서 혈류의 일탈과 반항을 막아주어서 고맙다. 너는 알뜰하고 깔끔해서 바람을 키우는지도 모른다. 바지랑대 위의 빨래도 집게로 집으면 빨래가 바람에 펄럭이잖니. 집게가 없으면 바람을 안고 날아가버리겠지. 그처럼 네가 있어 머릿속이 종종 바람을 맞는 것 같다. 뭔가에 열중하면 잊기도 하지만 저기압인 날이나 비 오는 날, 신호를 보내면 고통스러워. 하지만 참을 수 있어. 펄렁이는 빨래가 바람에 나부낄 때 하늘이 아름다운 거 아니겠니. 집게, 내 생이 끝날 때까지 넌 거기서 전세를 사는 거지. 어때, 책임이 무거운 거니?

치아

 '찌질이'라 하고 싶지만 그런 별명은 피하기로 했으니 제임스 딘이라 부르겠어. 〈에덴의 동쪽〉에 나오는 칼, 제임스 딘이 제격이야. 반항적인 눈빛과 인정을 갈구하는 열등감과 의욕이 뭉쳐 잘 다루지 않으면 위험한 인물이지. 생긴 것부터 삐뚤삐뚤, 그러걸랑 강하기라도 하든지. 심보가 그러니 널 감싸고 있는 잇몸이 성질이 안 나겠어. 붓고 시리고 너를 밀어내려고 안간힘이야. '부드러운 자만이 진실로 강한 자다'는 제임스 딘의 말이 여기에도 통하면 얼마나 좋겠어. 손가락을 바지 주머니에 찌르고, 눈 이상하게 뜨고, 궁리하고 궁리해봐도 불안한 표정은 역력해. 절망을 심심찮게 가져다주는 너. 나는 너를 참느라 우울하지. 아는 척하느라 끊임없이 신경도 곤두서 있어. 그렇게도 세상을 빨리 떠난 제임스 딘, 8개의 어금니에 대한 이별은 가짜 치아로 간신히 극복했어. 제발 이제 얌전해줬으면 해.

왼손

너는 K다. 어릴 적 고무줄과 줄넘기를 왼발로 하고 바느질과 뜨개질을 왼손으로 하고, 주부가 되어서 가위질과 칼질을 멋들어지게 해도 누군가 이상하다고 말했을 때 그제야 내가 어색해 보이는 왼손잡이라는 것을 알았어. 그 사실을 흔쾌히 아니 자랑스럽게 여긴 것은 카프카 「성」의 K가 측량기구를 챙겨들고 성 앞에서 끊임없이 들어가려고 애쓰는 그 모습이 나처럼 느껴지기 시작했을 때였어. 활자를 두들겨 나를 들여다보고 내 안으로 깊이 들어가고 싶었던 때 K, 너로 나를 꿈꾸었지. 흥분과 변화와 시도에 흥미를 가지는 왼손잡이들의 예술성을. 그것이 내 안에 있을 거라는 기대감에 「성」의 K가 성 안으로 들어가야 할 이유와 못 들어가는 이유도 모르고 기다린 것처럼 미완의 원고를 들고 피곤한 몸으로 성의 벽에 기대어 있는 거지. 그러니 나의 왼손 K, 왼손잡이지만 때때로 희망을 주는 가능성이고 변별력이지.

발

너에게는 '가벼운'이란 수식어를 붙여주었지. 우리 몸 어디에도 입빼고는 무거워서 좋은 게 없어. 가벼워야 좋은 거잖아. 엉덩이가 가벼워지긴 이미 글렀으니 발이라도 가벼워보자고 작심한 지 오래다. 그러고 보니 내가 오래 전에 붙여준 별명이야. 희망사항인 거지. 얌전하기만 한 발은 가볍지가 못하고 무겁고 냉기만 돌더군. 마냥 지구

를 밟아대는 직립인간의 본때를 보여주어야만 뜨건 피가 돌아 가벼
위진다는 걸 알았지만 무겁긴 여전해. 가벼운 발, 네 별명을 사랑한
다. 가장 멀리서 피를 공급받고도 가장 아래서 몸을 받들고 있잖아.
가벼운 발! 하고 불러보면 삼손도, 집게도, K도, 제임스 딘도 가벼워
진다.

　나머지 별명들은 또 짓도록 하고 먼저 지어진 별명들에게 인사한
다. 별명들아 잘 있니?
　이만큼 함께한 너희를 사랑해.

비 오는 날의 수채화

산책

　양말을 신고 신발을 신고 나선다.

　비가 오는 날이면 마음은 커피처럼 향기로워지는데 몸은 무겁다. 가벼운 봄비라 해도 그러니　무거움은 털어내고 황홀만 갖고 싶다. 산을 오를 때 배낭의 무게가 내 몸으로 들어와 드디어 무게를 잊는 것처럼 나는 몸을 움직여 습기는 버리고 비를 만나려 한다.

　탄천, 새삼 기분 좋은 마을. 아파트 창문 밖으로 서서히 나오기 시작하는 저녁 불빛, 걷다가 그 창문을 바라보는 아슴아슴한 즐거움에 행복 하나 겹쳐놓는다. 어느 창문에 서서 탄천을 바라보는 누군가의 눈도 상상해본다. 그것도 아름다울 것이다.

　버드나무는 절반이 물에 걸쳐 있다. 욕심 많은 가지는 축축 늘어졌어도 나는 그게 이뻐 보인다. 만족이 지나쳐 멋쩍었을까. 가지는 행복에 지친 시늉하며 늘어져 놀고 있다. 물가잖아, 충분히 빨아올려,

생글생글한 이파리 보기 좋아, 촘촘히 어울려 몸 비비고 있는 것도 풍요롭고….

비가 떨어진다. 가랑비에 옷 젖는 것은 나를 향한 치밀한 유혹이다. 다리 밑에서 들리는 색소폰 소리가 강아지풀을 흔들고 물살도 건든다. 늙수그레한 노래 몇 곡 흘러듣다 다리 밑 의자에 중심을 잡는다. 지나간 노래면 어때, 연주하는 저 사람들은 멋지다. 좋아하는 것을 조금 더 노력해서 남에게 선물하는 것. 나는 그 모습을 십여 분 바라보고 박수를 쳐주고 발걸음을 뗀다. 빗방울이 조금 세다. 우산을 편다.

우산

어떻게든 빗물은 내 몸을 건든다.

우산을 혼자 써도 비를 다 막을 수는 없다. 비 오는 날 우산을 둘이 쓴다는 건 어차피 비를 거의 맞는 일이다. 양 어깨는 아니라도 한 사람은 오른쪽, 한 사람은 왼쪽 어깨가 젖는다. 그러나 탓할 수 없다. 서로 배려하다 젖는 일. 공평하지 않게 젖었으면 그건 사랑이었으니 젖은 만큼 꿉꿉하지는 않다. 우산 하나, 차이나는 키를 위해 기울이면 비를 덜 맞겠다는 본능까지 양 어깨를 끌어모은다.

잘난 척해도 우리가 어디론가 날기엔 무겁고 어렵다. 함께 가는 길, 버리지 못할 우산으로 버리지 못할 어깨 조금씩 젖으며, 맞닿은 어깨를 생각하는 거다.

그러나 난 요즘 각각 우산을 들고 둘이 나란히 걷는 걸 그리워한다. 두 개의 우산을 펴고 자유롭게 걷는 것, 우산의 크기와 색과 기울기가 다른, 그런 나란한 것을 그린다. 바람은 같은 곳으로부터 오고 빗살도 같은 방향인데 한쪽 어깨를 애써 맞닿느라 못 본 바람과 빗살 더 느끼고 싶다. 가로등 위 새들도 혼자 앉아 있다, 나란히 같은 방향으로.

의자

집 근처에 오니 쉬고 싶다. 다리가 묵직하다. 몸과 맘이 행복해진 것에 대한 보색관계의 증거 같은 거다. 비가 들이치는 야외 테이블 의자에 앉는다. 산책이 행동으로 사유하는 거라면 의자에 앉는다 함은 생각으로 산책하는 것이다.

길에 쏟아지는 헤드라이트 안의 비는 화려하다. 정밀화가의 터치가 진행 중이다. 우리의 삶도 헤드라이트 안에 쏟아놓으면 그럴까. 섬세함이 아름다우면 좋겠는데 복잡할까 두렵긴 하다.

빗살을 입은 신호등 불빛이 유난히 선명하다. 질서를 만든 인간이 아름답고 그것을 지켜서 생명을 지키는 인간이 아름답다. 기다렸다 가는 사람들, 차량들, 그리고 그 길에 봄비. 가끔 마을버스가 불을 환하게 싣고 와 앉아 있던 사람을 비 속에 내려놓는다. 훤히 드러난 저 안의 사람들의 나른한 하루가 지나간다. 우산은 있을까. 버스가 지나가고 나면 나는 어두운 빗길의 명암을 바라본다. 차, 사람, 나무,

건물 모두가 비를 만나고 있다. 빗속으로 어둠속으로 맑은 액체처럼 흘러가는 내 무게가 보인다.

무거움을 털어내는 일이 오늘에 대한 진한 애정 표현이듯, 쉬는 일도 내일에 대한 열정적인 프러포즈다.

타이밍

냄비

굴이 나오는 시기다. 흐물흐물 약한 몸을 위해 껍데기는 애를 썼다. 바위에 몸을 섞은 자연산 굴 껍데기는 떠나지 못하고 흉부를 연채 세상에 흰 기를 들었다. 양식 굴 껍데기는 속을 내주고 저들끼리 업고 업어 봉분을 만들었다. 방송을 보다 말고 굴을 사왔다.

국을 끓이려고 김치를 쫑쫑 썰어 냄비에 넣었다. 굴도 조심스레 씻어 넣었다.

갑자기 화장실이 가고 싶었다. 끓을 거라 예상한 시간에 타이머를 맞춰놓고 자리를 떠났다. 화장실에 있는데 타이머가 삐삐거렸다. 남편에게 좀 봐달라고 했다. "확 줄였어"라고 한다. 끓었느냐고 묻자 아니라고 한다. "끓는 것을 보고 나서 불을 낮추어야지 끓지도 않는데 확 줄이면 언제 끓어!"라고 말하고 나니 남편이 냄비에 국을 끓어본 적이 있었나 싶었다.

●

국이든 찌개든 고아져야 더 맛이 나는 음식이 있는데 그것은 끓은 뒤에라야 조절할 수 있다. 강렬하든 은근하든 물이 끓는다는 것은 자신들의 결합력을 끊어내고 독자적으로 살아나 기체로 변하는 물리적 일인데 그때까지는 누구든 지켜보아야 안전하다. 국이 끓어 넘치는 일은 국물 낭비도 그렇지만 레인지를 엉망으로 만드는 일이다. 끓는 시점은 사람 일이든 국이든 이성과 감성의 혼합물이 변형을 일으키는 시점이 아닌가. 그래서 끓을 때까지 지켜보고 난 뒤 불을 줄여 끓음의 정도를 유지해야 한다.

와락 덤볐고 긴장하며 기다렸던, 그래서 끓어올랐던 몇 가지의 기억들이 이제 와 생각하니 고맙다. 사랑, 문학, 교육, 살림, 문우들과의 대화, 토할지언정 마셨던 술…. 타인이 보면 그것도 끓은 거냐고 물을 수 있으나 내 끓음의 온도를 내 능력에 맞춰 가늠한 거다.

화장실에서 나가 불을 올리고 지켜보았다. 금세 끓기 시작했다. 냄비에 있는 굴도 김치의 신맛과 매운맛에 열렬하게 반응하고 있다. 다시 낮은 불로 놓고 타이머를 해놓았다. 편안하게 끓고 있는 것을 보고 나도 소파에 앉아 타이머 소리를 기다린다. 그리고 식탁을 차리며 식구가 자리에 앉는 시간에 또 타이밍을 맞춰야 한다. 끓고 있던 국을 나는 퍼주고 싶다. 그 국을 식은 채로 먹길 바라지 않는다. 그래서 다시 불러모은다.

"따뜻할 때 얼른 먹자."

카톡

그녀가 카톡을 확인한 곳은 가족의 병실, 나도 병실인 건 같다. 코로나로 몇 가지 재미없는 세상이 됐다. '확찐자'마저 되지 말자며 운동을 야심차게 했다. 해내고 있다는 자신감이 나를 위무할 때 몸은 나를 밀어내고 있었다. 대상포진이란다. 견딜 만은 했지만 환한 낮빛을 하기엔 힘들었다. 거의 나아갈 즈음 시원찮은 기력을 억지로 찾자고 링거를 맞고 있었다. 움베르토 에코처럼 '우리 삶은 틈새로 가득 채워져 있다'를 맹신하는 나는 링거를 맞으며 톡으로 일을 하고 있던 셈이었다. 저쪽은 마음이 더 아플 터이다. 톡으로 문자를 보내는 동안도 불편한 곳으로 끼어든 시간일까 걱정이 되어 조심스러웠다.

"요즘 늙어가고 있다는 걸 확인하네요"라고 보냈다. 내 근황이 그렇다는 말이었다.

그 순간 그쪽에서 톡이 먼저 왔다. '병원이에요. 지켜보는 제가 스트레스가 많아요. 힘드네요"라는 톡이 먼저 오고 내 톡이 날아간 것이다. 이런 이런!, 마치 그녀가 힘든 이유가 노인이라 그렇다는 뜻이 돼버렸다.

말의 순서란 이렇다. 뜻하지 않게 톡이 들어가는 타이밍이 그랬다. 톡을 다시 넣었다. "위의 말은 제가 그렇다는 뜻입니다. 오해하실까봐요." 변명하자니 쑥스러웠다. "뭘요, 진짜 그런데요 ㅎ."

타이밍이 문제다. 톡을 보내는 순간 전파를 타고 살아나 선으로 이루어진 의미 담긴 도형, 글자. 촌음을 다퉈 사이로 끼어든 톡은 애매

한 시점일 때도 있고 사족이 될 때도 있고 하지 않아도 무방한, 의미 없어진 지나간 말이 될 때도 있고 눅눅해진 붕어빵처럼 시들어버린 말이 될 수도 있다. 우리의 손가락이 터치하는 순간 생각은 이미 겹쳐져 있거나 뛰어넘고 있거나 아니면 덮어씌우고 있다. 그래서 조심스러운 게 톡과 문자이다.

톡이 오고 간 저만치의 시간과 공간은 때론 속 좁은 맘이나 오해가 끼어들고 혼자 중얼거리는 잡음으로 변할 수 있다. '카톡', 타이밍을 맞추자고 언제나 지켜보고 있을 수는 없다. 다만 봐야 할 타이밍을 놓칠까봐 수시로 지켜본다.

'효과가 크게 나타나는 순간'의 타이밍을 위하여 틈새로 끼어들기를 매번 해야 하는 삶이다.

흩어진 매력 구경하기

1번 남자, 정지선에 있던 나는 자연스레 옆을 바라보았다. 창이 조금 열려 있었고 남자가 보였다. 콧대가 조금 높았고 차종車種은 좋아 보였다. 그 남자를 본 순간 잘 어울린다는 긍정적 편견이 생겼다. 인상이 꼿꼿해보이고 자신감이 비쳤다. 자신감도 두 종류다. 잘난 척으로 보이는 사람도 있지만 겸손함이 자신감을 살짝 껴안은, 기분 좋게 차분한 사람이 있다. 그가 그랬다.

첫인상은 퇴적해놓은 심상이다. 게다가 '나이든다는 것은 자신을 철저히 노출하는 일'이라 하지 않는가. 난 어떠한 의미로든 그 말에 수긍하지만 혹시 첫인상이 안 좋은 사람이 겪을 억울함을 위해 나름 부활전 같은 걸 혼자 해준다. '첫인상이 안 좋아도 좋은 사람 있더라'며 혼잣말을 하고 첫인상에 대한 선입견을 미뤄놓곤 한다.

살면서 맘에 드는 남자를 본 적이 흔치는 않다. 조건이 완벽하면서 매력적인 남자에 대해서는 실망할 일만 남은 것이 아닐까 하는 염려가 되어 접게 되고 허점이 많이 보이는 남자에 대해서는 그래도 누군 가에게는 매력적이겠거니 하니 말이다.

그런데 잠깐 본 이 남자가 맘에 들었다. 차가 출발하면서 차 창문이 닫혔다.

생각해보니 어디서 많이 본 듯했다. '악~' 순간 목을 메우는 비명이 나왔다. 남편의 얼굴과 비슷했다. 나는 내 남편이 이상적이라고 생각해본 적은 없다. 청춘시절 그냥 끌려서 많은 못마땅함에도 불구하고 맘 가는 대로 한 거밖에는 없었다.

허허 웃음이 차를 몰다보니 집에 다 왔다. 기가 찼다.

2번 남자, 우체국에 들러서 지인에게 책을 부치고 도서관으로 가는데 버스가 내 옆구리 가까이 섰다. 버스에서 남자가 내렸다.

등산 차림과 배낭을 메고 내렸는데 산이 아니라 도서관으로 갈 사람처럼 보였다. 느낌이라는 게 뭘까. 지하차도로 가는데 버스에서 내린 남자도 그쪽으로 내려왔다. 도서관과 그 남자가 어울렸다. 계단을 내려가는 속도가 비슷해지자 걸음이 어색했다. 속도를 더 낼 수도 줄일 수도 없어 걷던 대로 걸었다. 지하통로에서 나오자 버찌가 하얀 보도블록에 까맣게 짓눌려 있었다. 위를 올려다보니 빨갛고 까만 버찌가 온통이다. 얼마 전엔 얼마나 흐드러지며 피었던가, 벚꽃이.

도서관에 도착했다. 나는 문짝 2개 중 '나오는 문'을 하필 밀었다. 그러는 바람에 그 남자가 먼저 '들어가는 문'의 문을 연 채 나를 기다려주었다. 엘리베이터를 타고 층이 다른 곳에서 헤어졌다. 책을 읽다가보니 옆으로 그 남자가 지나갔다. 스치는 바람이 반가웠다. 점심을 혼자 먹고 커피를 들고 벤치에 앉아 잠시 생각해보았다. '나는 왜 책 읽는 남자에게 점수를 잘 주는가.'

남편은 독서는커녕 나를 보면 "아구, 또 책! 좀 쉬어" 하며 핀잔을 주는 남자다.

한때 소망하기는, 우리 부부도 영화 속 부부처럼 침대에 누워 책을 읽는 모습이었다. 책장을 덮고 스탠드를 끄고 이불을 끌어당기는…. 그러나 해본 적이 없다.

3번 남자, 몸이 지쳤거나 맘이 지치면 듣는 노래가 있다. 어떤 남자가 소개해준 노래다. 〈스플랜더 인 더 글래스splendor in the grass〉, 이 노래를 들으면 나는 감미로움에 근육이 녹아나고 엉기던 맘도 몸에서 흘러나가는 것 같다. 다양한 장르를 넘나들며 연주되는 핑크 마티니의 노래, 특히 차이코프스키 피아노 협주곡 1번 제1악장이 삽입된 부분은 더욱 강렬한 행복 쪽으로 나를 끌어간다.

들을 때마다 이 노래를 소개한 남자가 고맙다. 『책은 도끼다』의 박웅현이다. 감성을 소개하고 부풀게 하는 책이랄까. 행복해지기 위한 많은 길이 있지만 감성을 키워 세상을 바라보는 방법은 단연 멋지다. 작가나 책 속 주인공은 보통 나를 놀라게 하는 '도끼'가 될 때가 있는데 이 남자는 나를 착하게 만든다. 고마워하게 한다.

광고의 중심에 책을 놓고 일상이 창의력의 바탕이라는 남자. 창의력이 삶을 풍요롭게 하리라는 이 남자의 글에 가슴이 뛰지 않을 수 없다. '우리 머리를 잔디 위에 쉬면서 잔디가 자라나는 소리를 들어보지 않을래?' 하는 가사처럼 삶에 대한 시선과 감동을 소환시키려는 남자. 내가 꿈꾸던 남자 같았다. '나이는 숫자에 불과하다', '생각이 에너지다', '생활의 중심', '사람을 향한다'는 카피들, 참 좋다. 감성과 통찰력을 다른 작가의 글을 통해 말해주는 남자다. 부드럽게.

신은 이 세상 남자와 여자의 좋은 점을 조각조각 흩어놓은 천재다. 장점이 집중된 어느 사람이 있다한들 일상이 돼버리면 감동이 되겠는가. 일상의 깡통을 액자에 넣어 예술이 되게 한 앤디 워홀처럼, 변기를 전시하여 의미를 찾는 마르셀 뒤샹처럼 일상을 벗어나 무언가를 들여다볼 필요가 있다.

그렇다면 나는 이런저런 호감의 시선으로 바라볼 수 있는 창 밖의 남자와 지나가는 남자와 책 속의 남자들이 있다는 것이 다행인가보다. 익숙한 것에서 감동하기가 훨씬 어렵다면 낯선 감동이야말로 나를 들뜨게 하는 일이다.

산산이 나누어진 매력을 엉뚱한 곳에서 하나하나 바라보는 재미도 쏠쏠하다.

이래저래 모순

아침에 눈을 뜨면 이불 안에 남은 잠이 아깝고, 늘어져 있다보면 나를 떼놓고 간 시간이 아깝다. 방방 떠서 만든 어제의 계획도 행동하기 전 귀찮아지기 일쑤. 무찌를 연장 벼리느라 대장간에 간 시간, 잉여의 시간을 만든 줄 알았는데… 다 어디로 갔나.

이래저래 시간은 아깝다.

책을 읽다 애정행각을 한다. 줄을 치고 덮고, 두 손으로 느껴보는 포옹. 어떡하나 아까워서, 좋아서….

내 머리 표피가 조이는 걸 보니 행복 하나 가두었다. 작은 행복에 젖어 절정이 뭔지 아직 모르는 걸까. 숨을 길게 몰지 못하고 끊어가는 소심.

이래저래 작게 사는 기쁨.

쉬고 싶으면서도 쉴 수 없는 이유를 곧잘 찾아내고 1000㎖의 비타민을 꿀꺽 삼키고 하루를 버텨보지만 역시 지친 하루.

식도를 타고 온 갈증. 참으며 흥분할 수 있는 건, 맥주로 적신 홍건함과 뿜어낸 포만을 기대해서다. 그러나 또 갈증.

이래저래 미련하다.

'말을 안 하려고 했는데~'라며 말을 하고, 나도 모르게 말을 많이 했을 때는 허무를 꺼안고 있을 때다.

말을 못하고 있을 때는 속으로 구시렁거리며 어법에 맞지 않는 말을 하고 있는 거다.

뱉은 말이거나 먹은 말이거나 반은 떳떳하지 않다. 모른 척하는 뻔뻔함으로 하찮은 얼굴이 된다.

이래저래 말은 귀찮긴 하다.

울기 마땅한 때는 흔치 않다.

속눈썹 바람으로라도 눈물을 말리려 애쓰고 아예 증거를 삼키려고 하지만 목이 메어 아이쿠, 넘기지 못하니 눈으로 뱉는다. 어차피 하려는 짓이 엇박자다.

이래저래 실없이 산다.

뜨거운 사랑을 갈망하지만 기억이나 상상만으로 충분하다고 숨을 내려쉰다. 부질없는 끝을 잘 알고 있다고, 강 물살은 생각보다 세고 넘치기 쉬워 위험한 거라고… 맑은 날 돌다리로 건넌다.

이제 입맞춤 후 침을 닦지도 삼키지도 못하여 민망할 거라는, 등까지 갔던 손을 풀고 서로의 등을 바라봐야 하는, 끝이 서늘할 것 같다는 추측만 있을 뿐.

이래저래 포기한 열정.

잠이 안 오는 날은 잠에 대한 욕심에 갇혀 잠을 밀어낸 날이다. 뭐든 방출한다. 어제, 오늘, 너, 나, 말, 눈빛…. 이미 지나간 것, 재활용할 필요 없는 것을 왜 다 꺼내놓고.

이래저래 버려야 할 것들.

숟가락을 그만 놓아야지 하면서도 더 잰 손놀림으로 떠먹는다. 가끔 참을성을 발휘하는 것은 혹시 모를 더 길고도 풍족한 식탐을 위해서고.

이래저래 탐욕은 나의 것.

사는 게 모순덩어리, 마블링처럼 매력적이다.

매력 있는 것은 때론 깊어서 눈치로만 따라잡을 수가 없다. 허리를 굽히고 다리를 쪼그리고 모순의 뿌리를 캐본다.

어차피 다 분리되지 못할 덩어리.

이래저래 모순.

차키 실종 사건

　수북한 가방 앞에 앉았다. 허탈한 어깨에서 늘어진 손으로 진땀을 닦는다. 찌그러져 있거나 지퍼를 헤벌쭉 열고 있거나, 제 스타일 지키기 위해 구겨진 종이를 잔뜩 먹고 있는 오래된 가방들. 하나씩 손으로 더듬어보고 뒤져보고 털어보았다.

　없다. 내 심장은 쪼그라져, 그 텅 빈 공간에 우울함이 들어설 참이다. 제발, 혹시, 너라도, 오래 전 잃어버린 차키. 다시 찾아야 자존심을 일으켜 세우고 자학을 떼어낼 수 있는데 말이다.

　차키는 보일 기미가 없고 말라버린 볼펜이나 추억을 되새기게 하는 영수증 몇 개, 비스킷 부스러기가 떡고물처럼 묻은 동전만 나온다. 어쩌자고 안 버린 과자가 있었는지….

　그래도 열심히 뒤진다. 오래 전 언제 어떻게 잃어버렸는지도 모르는 열쇠를 찾고 있는 이유는 마지막 남은 차키를 어제 또 잃어버렸기 때문이다. 그 키를 찾으면서 혹시 예전의 키를 찾을 수 있을까 하는 기대, 아니 절실함이었다. 그만 찾자는 단언은 1분도 못 가 무산되고 벌떡벌떡 일어나 '혹시'를 확인하느라 반나절을 보냈다.

〈A니까 B임에 틀림없어〉

처음에는 자신의 기억을 믿으며 당당하게 이 공식에 대입했다.

"나는 오늘 차로 외출을 안 했으니까 키를 내가 가지고 나갈 리가 없지"라고 말한 나와 "나는 언제나 키를 여기에 놔두는 사람이니까 여기에 안 뒀을 리가 없어"라는 남편이 대치했지만 분명한 건 없다는 사실이다. 어제의 발걸음 하나, 손짓 하나, 생각 하나, 눈동자에 남은 잔상 하나까지 더듬기 시작했다.

〈그렇다면~ 혹시~ 했을까?〉

두 번째 공식에 기억을 맞추는 미션으로 진입했다. 기억을 반쯤 의심해보자는 후퇴다.

남편은 차를 주차하고 떨어뜨렸나 싶어 관리사무소와 경비에게도 물었다. 어제 입은 바지와 근래 입은 바지 주머니를 다 뒤져보고 혹 바지를 벗다가 떨어뜨렸을 가능성에 방바닥도 살피고 급기야는 나의 꼼꼼치 못함을 침묵으로 비난하려는 듯 내가 먼저 뒤져본 가방을 몽땅 다시 뒤졌다. 눈과 손이 일하는 동안 애간장이 다 녹아내렸다.

"거기는 금방 내가 다 봤어, 없어~"라고 말하면서도 '분명 내가 봤을 때 없었는데, 세상에나~' 하는 경탄의 말이라도 하게 되면 좋겠다는 일말의 기대도 있었다. 여러 번을 뒤지고도 또 보고 싶은 마음, 이건 필시 맘에 든 이성을 사귀려는 첫 단계의 감정과도 비슷했지만 타

들어가는 빛의 색깔은 한참 달랐다. 이 한심한 놀음이라니….

추측과 상상으로 풀어나가는 과정에는 화를 돋우는 악재가 숨어 있었다. 슬슬 자신에게 화가 나고 서로에게 화가 난 우리는 싸움의 링으로 올라갈 뻔했지만 간신히 마지막 발을 되돌리곤 했다. 누구를 탓할 자신감이 없어진 것은 요즘의 무른 기억 때문인데 드디어는 흐물흐물해진 것이다. 기억이란 것 위에 상상을 버무리기 시작하니 그때부터는 정말 알쏭달쏭 오리무중이었다.

〈그런 거 같기도 하고, 아닌 것 같기도 하고…〉

단계로 접어들었다. '설마 내가 무의식적으로 키를?' '혹시 어디를 들를지 몰라 키를 들고 나갔나?' 한 발짝 물러선 생각이 들었다. 고개를 털고 흔들어 볼수록 확실한 것은 없어져 갔다.

나는 그날 흰머리 염색을 했고 운동을 했고 마트를 들렀다. 미용실과 연습실에 전화를 해보았다. 없다는 답변에 또다시 어제의 회로를 돌리며 반복의 헛손질을 하고 있었다. 밥맛도 잠맛도 뚝 떨어져 나갔다.

밤은 깊어갔고 늦은 문자를 지인에게 넣었다. "내일 나들이에 우리를 태우고 가달라"고. 자학이라도 더 해야 될 것 같다가도 '며칠 우리 차 안 타면 되지 이렇게까지 세상 무너진 듯 힘들어 할 건 없잖아' 하면서 잠이 내 우울함을 리셋해주기만을 바랐다.

〈허탕 치는 셈 치고〉

'어디에 놨을까'가 떠나질 않았다. 다음날 지인의 차 안에서 남편은 마트에 한번 전화를 해보란다. '설마 내가 왜 거기서 차키를 꺼냈겠어?' 짜증을 내면서 전화를 걸어보았다. 여직원은 "없는데요"라고 했는데 "잠깐만요"라며 다른 직원이 받아들었다. "무슨 색이죠?" "빨간 가죽 키인데요" "네, 있어요." "감사합니다, 감사합니다". 어쩌다 거기에 키를 빠뜨리고 또 왜 그곳에만 전화를 안 해보았는지, 도대체 알 수가 없었다. 찾았다는 기쁨과 동시에 내 기억과 행동을 불신해야 하는 사실이 슬펐다.

우리 모두는 일상적 사고나 실수에 대비를 하고 살지만 사고나 실수는 생각 못한 곳에서 일어난다. 생각지 못한 일, 맹점- 이것이 우리의 깊은 삶 안에 살아서 숨어다닌다. 그러나 우리의 감각이 잘 닿지 않는 그곳을 끝까지 찾아내서 의외일 뻔한 것을 일상으로 끌어오는 게 또 우리의 지혜이고 생활에 필요한 정확성 아닌가.

귀신이 곡할 노릇인 소지품 실종 사건은 어릴 적부터 너무 많이 경험해왔다. 아직도 털털한 성격 탓에 겪는 이 참담함은 고쳐야 할 일 중 하나다.

앞으로 내 습관을 조금은 고치겠지만 무의식적인 습관이 기억을 흩어놓음은 무엇으로 다스려야 하는지, 습관이나 기억과도 무관한 이런 실수는 또 어찌 찾아내야 할지, 시간은 분명 더 헝클어진 기억과 습관의 세상으로 나를 데려가고 있을 텐데….

쌉쌀한 웃음이 나온다. 그래도 유레카!

피곤이란 놈과 산다

피곤이란 놈과 산다.

나에겐 좀 센 놈이 찾아온 걸까. 건강한 체질의 사람은 '정신력이 중요한 거야'라고 하겠지만 나는 그런 사람을 '아직 정신력으로 건강을 말하는 건강한 사람이구나' 하며 부러워한다.

이놈이 있어 나의 눈 밑은 버려진 공터처럼 어둡다. 놈은 어쩌면 미리미리 나를 챙겨줘 환자가 되기 전에 소파에 눕히는 긍정의 역할도 하지만 여간 성가신 놈이 아니다. 싸우고 다스리고 친해져야 할 놈이다.

늘 따라다니며 활동의 한계를 느끼게 한다. 따라붙지 못하게 아침에 비타민이나 영양제도 먹어보지만 슬쩍 숨어 있다가 징그럽게 살아난다.

하루 일과를 마쳤을 때 말을 걸면, 하루에 대한 내 자신의 열의를 다독이는 시간과 함께 그놈이 귀엽기라도 하겠으나 아침이나 낮이

나 밤이나 마구잡이로 휘젓는다. '나를 몰라라 할 수 있겠어?' 한다.

이놈은 목 뒤에서 주로 산다. 무등을 타고 앉아 발을 통통 차며 약 올리고 꾸욱 누른다. 그때마다 뒷골이 욱신거리고 정신이 탁해진다. 신난 철부지 아이처럼 한참이나 목 뒤에 앉아 뭉개대면 어깨 근육들도 겁먹은 듯 뭉쳐버린다.

그놈은 좋겠지. 단단히 뭉친 근육 위에서 한자리 펴고 앉았으니. '썩 내려가라' 소리 지르면 사라지게 하는 위엄이 나에게 있으면 좋으련만 나는 되레 업신여김을 당한 채 축 처져 있다.

살 속에서도 산다. 스멀스멀 뚫고 와 꼼지락꼼지락 살을 건들다가 꼬집기도 한다. 몸살의 전조증세가 오면 나는 뜨거운 차로 가슴팍을 데우고 눈을 감고 누워본다. 그러면 그놈은 슬그머니 손질을 놓고 추이를 기다리는 것 같다.

이놈은 뼛속에도 살아 있다. 맞장뜨지 않으면 기세가 더 심해져서 슬슬 행동 개시를 할 즈음 나도 뼈를 움직여준다. 이리 꺾고 저리 꺾고, 휘게 하고, 접어주어 뼛속에 있는 놈의 기세를 눌러준다. 가끔 나는 뼛속에 있는 놈에게 KO 패 당한다. 뼛속까지 아파오는 피곤이 몸살이 될 때면 의사에게 가서 무기를 사온다. 그 무기는 놈을 치기 위한 것이라지만 사실은 내가 눈치 못채도록 차단하는 속임수라니 알면서도 의존한다. 내가 누워 대적할 힘을 잃으면 놈도 흥미를 잃고 사라진다. 누워 있던 뼈들이 주섬주섬 짝 맞추며 살아나기 시작할 즈음 나는 이상한 걸 느낀다. '아~아무것도 없는 이 느낌이여!' 고통도

109

없고 생기도 없고 그래서 멍청한 듯 순수한 몸이 느껴지는 그 순간을 맛본다.

눈 속에도 있다. 눈 속으로 들어오면 눈꺼풀도 내려앉고 눈동자도 충혈된다. 그때부터 '나는 피곤합니다'라는 플래카드를 들고 남에게 티를 내게 된다. 눈이 힘들면 산사태가 나듯 얼굴 표정이 무너진다. 눈에서부터 이놈은 미끄럼이라도 타나보다. 눈 밑 주름을 타고 내려와 볼의 근육을 처지게 하고 입꼬리도 처지게 한다. 이때 눈을 감으면 진정의 조짐이 아주 조금은 보인다. 세상의 모든 일은 거의 눈을 뜨고 하는 일이지만 몇 가지는 눈을 감고 마무리되는 것도 있다. 책을 읽은 후의 감동이라든지, 글의 마지막 문장을 생각한다든지, 엉킨 머릿속을 쉬게 한다든지.

이놈은 종아리에나 발바닥에도 산다. 때려주고 주물러주면 좋아한다. 그놈이나 나나 아이러니하게 통증의 쾌락을 공유한다. 너도 좋고 나도 좋은 이 상황이 참 얄궂긴 하다.

놈과 헤어지려고 무진 애를 써봤지만 헤어지는 일은 어림없는 일, 오래된 정이 무섭다.

그래도 건강이 좋아졌나보다. 이제는 지나치지 않게 찾아오는 놈을 다독인다. 그놈이 나를 은근히 보호해준다는 것도 알았다.

피곤이란 놈에 대해 수다를 떠니 좀 피곤하다. 또 타협할 때가 왔나보다.

제3장

짧거나 충분하거나

✽ 줄을 치는 일은 고개 숙인 인사 같은 겁니다.
내 심장에 손댄 글에 대한 답례입니다.

―「줄을 치는 이유」

깜빡이를 켜다

깜빡, 깜빡.

제가 깜빡이를 켜는 이유는, 차선을 바꾸겠다는 의사입니다.

제 존재를 확인한 당신에게 조금만 그 속도를 지켜달라는 부탁입니다.

깜빡, 깜빡, 깜빡.

당신을 놀라게 하려는 게 아니고 제가 두려워하고 있다는 표시입니다.

당신 길에 끼어든 것처럼 보셨나요. 당신 길을 막을 생각은 없습니다.

당신 앞에 서고 싶은 것이 아니라 그 길 안으로 들어서겠다는 간절함입니다.

깜빡, 깜빡, 깜빡, 깜빡.

등 뒤에선 의미 없는 일이기에 당신이 보는 앞에서 호소하는 겁니다.

거리를 두고 깜빡이를 켭니다만 적당한 거리란 언제나 서로가 다릅니다.

저의 깜빡이에 놀랐다면 제 이기심도 있을 겁니다.

이유 없는 당신은 방어할 수밖에요.

깜빡, 깜빡, 깜빡, 깜빡, 깜빡.

그냥 해본 길 위의 장난이 아니란 걸 당신도 알겠지요.

차선車線의 선택이지만, 생명의 진지함이 커지는 순간입니다.

깜빡이를 켜는 순간, 깜빡깜빡 소리보다 크고 빠르게 제 심장은 뛰고 있습니다.

당신이 너그럽게 허락한다면, 나는 당신과 일정한 간격으로 동행합니다.

저는 또 앞만 보고 가겠지만 등 뒤의 당신이 고맙습니다.

깜빡, 깜빡, 깜빡.

시차時差

　먼 여행에서 돌아와 낮잠을 자고 나니 어제 그곳의 밤잠이었다. 떠나야만 생기는 시간이다. 시간과 시간이 맞닿지 않아 비어버렸거나 아니면 겹쳐진, 그래서 베어내거나 이어야 하는 수선이 필요한 이상한 시간. 이음매가 만든 울퉁불퉁한 시간의 결을 만진다. 쏜살같은 시간이 너무 미끄러워 이렇게라도 바꾸어 만져본다.

창문을 내리고

모퉁이를 돌아서려는데 급하게 엄마가 창문 좀 내리란다. 할머니가 걸어가고 있었다. 걷는 일에 골똘해서인지 바빠보였지만 느릿느릿했다. 엄마는 큰 소리로,

"지호네~ 우리 집 양반 새벽에 저세상 갔어~!"

"그려~? 아구~ 수고혀~"

할머니는 그러고 지나가신다. 창문을 올리는 내 손가락이 저릿했다.

집에 들러 아버지의 영정 사진으로 쓸 것을 찾아 장례식장으로 가는 길이었다.

긴 인생이었어도 이토록 짧은 인사인 것을….

줄을 치는 이유

모르는 것이 나오면 줄을 칩니다.

알지만 나보다 멋지게 표현했으면 줄을 칩니다.

알게 되어 흐뭇한 것이면 줄을 칩니다.

기억해서 써먹고 싶은 것에 줄을 칩니다.

또 다시 읽을 때, 나를 반기라고 줄을 칩니다.

줄을 치는 일은 고개 숙인 인사 같은 겁니다.

내 심장에 손댄 글에 대한 답례입니다.

자유의 크기

초릿대를 조심조심 밀어넣고 또 몇 개의 대를 더 밀어넣은 낚싯대처럼, 단단한 것을 차곡차곡 가슴에 묻어두었다. 언젠가는 그쪽을 향해 쭉쭉 뽑아서 흔들어댈 거라고, 그렇게 당당하게 내 인생의 어느 시점에서 용기를 내면 될 거라고.

바람이 조금 불고 햇살이 그런대로 있는 날, '자유'라는 큰 천조각을 달고 흔들면 햇살에 빛나는 다이아몬드처럼, 아니면 정반대의 날카로운 유리파편처럼 분사될 거라고 기대하고 또 각오했다. 어떤 경우라도 가슴은 가벼워야 한다는 최상의 시나리오에 최면도 걸었다.

그러나 마음의 자유란 오래 웅크리고 버티다 적당한 때 튕겨나가는 것이 아니었다. 어느 순간 흔들어대는 선전포고도 아니고 가슴이 터질 듯한 순간에야 치켜드는 것도 아니다. 장대와 깃발을 숨겨둔 것은 꼬인 마음 때문이었다.

어쩌면 적당한 때가 있기나 한 걸까. 누가 보아도 '깃발을 흔들 만

한 때가 되었다'는 마땅한 때는 서로 어긋나게 돼 있고, 내 살갗을 수시로 스치는 사람들을 어안이 벙벙하게 만들 게 뻔하다.

순간순간 내 불만의 웅크림에서 나를 해방시키고 착한여자콤플렉스에서 나를 건지고 그런 다음 내 작은 도리를 편하게 하고 나머지는 그냥 놓고 보고자 한다.

애초에 긴 장대를 접어 깊은 곳에 둘 필요도 없었다. 작고 가벼운 손가락 사이의 '찬스카드' 같은 것이면 족했다. 각오 없이, 필요할 때 내보일 수 있는, 누구나 알겠다고 이해를 하는 게임처럼….

그만한 것이 나를 자유롭게 한다는 것을 알았다.

새의 휴식

새가 서 있는 모습이 우스워 나는 웃는다. 징검다리 위에서 석물처럼 한 곳만 보던 새가 물살을 거스르며 오르던 물고기를 낚아채려다 놓친다. 또 꼼짝않고 있다.

날은 이미 어두워지는데···. 나에겐 고요로 다가왔는데 새에겐 집중한 노동의 시간이었다.

낮게 날던 새들도 비가 오고 날이 저무니 날개를 접는다. 가로등 위에 앉은 새 몇 마리 꼼짝을 않는다.

쉰다는 것 또한 삶에 대한 강한 애착이러니···.

발가락을 오므려 가로등 목을 꽉 잡고 있다. 착하게 앉은 모습. 단정해보이는 몸태.

흐트러져야 쉬는 거라고 생각하는 나와 다르다. "작업이 나에게는 휴식이다"라는 피카소의 말처럼 뒤바꿔보진 않으련다.

날개를 접은 것은 쉬는 거겠지 하며 나는 걷는다.

●

또 다른 이유

드디어 한 모금 맛보았어요.

동네 산 정상에서 한 잔씩 막걸리를 파는데 어찌나 먹고 싶은지요.

하루는 혼자라서 차마 쑥스러워 못 먹고 내려왔더니 산에 다녀온 기분이 썩 유쾌하지가 않았어요. 다음날엔 남편을 데리고 갔지요.

정상에 올라 스트레칭을 하고 이제 드디어 나도 한 잔 마셔보자 하고 갔더니 짐을 막 접는 겁니다.

"어?"

"끝났습니다."

며칠 후는 좀 일찍 갔어요. 산을 오른 이유는 '허술한 몸 단련'이었는데 헉헉거린 숨은 그게 아녔어요.

드디어 마셨어요.

제가 하는 일 거반이 알고 보면 이유가 딴 데 있는 거 같긴 합니다.

●

자꾸 등이 보인다

둘 중 하나가 등을 돌리면 서운한 틈새가 생기고 절벽도 자라던 시절, 사랑도 제법 성깔이 있었다. 언제라도 발끝에 힘주면 바스스 미끄러질 것 같았어도 눈물 한번 닦아내고 마주보았다.

가슴과 등 사이가 뜨겁고 서늘해서 습한 지점이 생겼다. 화해라는 의식을 행하고도 몇 날 조용히 미진함을 삭혀야 기억 속으로 구겨넣을 수 있었다.

화나 있던 밤과 감추었던 낮, 행복하게 살아야 한다는 구호에 밀리기로 했더니 센 눈물과 힘찬 웃음도 줄었다. 꾸둑꾸둑 근육은 굳어가고… 끈적이는 것들이 등 쪽으로 흘렀다. 연민일까.

등이 등을 보는 서먹함, 그것도 자유라 생각하니 좋긴 한데 몇 발자국 멀어진 곳에서도 자꾸 보였다. 잠 안 오는 밤, 그 등을 생각하면 든든하고도 안쓰러워 다시 한번 등을 돌려본다. 모른 체하는 것도 보인다. 자꾸 등이 보인다.

●

제4장

익숙하거나 여전하거나

❋ '처음 늙어보는 일이라 재밌습니다'라고 말할 수 있길 바라.

—「처음 늙어보는 일을 위하여」

여전하십니다

드디어 앉았다. 한숨돌리는 기분이 달큼하다.

미용실 의자에 앉는다는 것은 즉흥적 도발이 아니라 벼르던 일을 간신히 하는 일이다. 나의 하루 중 틈새시간이 어디쯤인지 잘 구분해 떼어놓고 미용실에 전화한다. 그쪽 시간과 나의 시간이 반가워해야 앉을 수 있다. 시간이 정해지면 마지막 결재를 한 듯 후련하다.

이제야 시간이 좀 났다는 것이고 피치 못하게 꼭 손질해야 할 일이 머지않았다는 뜻이다. 젊은 시절엔 변신의 계획이 갈팡질팡해서 미용실 앞에서 돌아선 적도 있고 때론 결의가 불끈 발동하는 바람에 의자로 뛰어가 앉고 본 일도 있었다. 이제는 바쁜 건지 게으른 건지 느긋한 건지 알아내기 미묘하다. 앉아야 할 때를 한참 넘기고 거울을 보면 나와 닮은 모르는 사람이 지루하게 쳐다보는 느낌이다.

머리를 한다는 것은 내심의 단락을 짓고 싶거나 단절의 시점으로 삼고 싶다는 의미가 있었다. 갈등이 마음을 조일 때 누군가의 손에 의해 머리라도 잘라버리고, 약에 절게 하고, 낯설게 해서 이전의 나에게서 벗어나려는 뿌리침이었다. 그것이 무시로 필요했던 격정의 시간이 지나자 다른 의미가 재촉한다.

오랜만에 보는 지인들에게 내가 생각하는 나 이하를 보이고 싶지 않은, 이미지 유지 차원의 경우고 세월에 대한 방어태세가 되었다. 부시시한 머리칼 아래로 대열을 갖추고 단합한 듯 쑥 나선 흰머리는 제 나름 씩씩하게 나왔는지 모르겠으나 나는 '씩씩'의 반대로 기운이 빠져버린다. 나대지의 강아지풀처럼 을씨년스럽게 보이면 세월이 끌고 온 무감각을 그대로 방출하는 느낌이라 부끄러워진다. 미용실에 앉는 것은 돋보이려는 게 아니라 게을러 보이지 않기 위한 나름의 처세다.

머리를 맡겼으니 잠시 쉬고 싶다. 눈을 감으면 잡념이 평수를 넓히고 눈을 뜨면 거울 너머로 맘에 들다가도 안 드는 얼굴이 보인다. 머쓱하여 눈을 감는다.

감은 눈 속으로 친지들 얼굴이 떠올랐다. 오랜만에 본 나에게 "너도 늙어가는구나 얼굴에 연륜이 보이네, 어릴 때 그리 귀엽더니만"라고 말한 사촌오빠가 떠올랐다. 나는 그 말에 충격을 받은 듯하다. 그때가 파마와 염색할 때를 놓치고 당황 중에 장례식장으로 갔을 때였다. 맞는 말이어서 놀랐다. 하얀 거짓말이라도 여전하다거나 똑같다거나 늙지도 않았다는 말을 즐겨 들어왔다. 내가 건넨 말도 추려보았다. "여전하시네요." "건강해 보이시네요." 집안 어르신에게 버릇처럼 한 그 말이 참 좋은 인사라는 생각과 함께 여전하게 보이는 모습이 진심으로 반갑고 고마웠다.

여전하다는 말은, 전과 같다거나 크게 변하지 않았다는 뜻이어서 못함도 더함도 없이 생각한 대로니 쉽게 반가워할 수 있는 조건이었다. 간혹 부정적인 말의 뜻이 들어있을 수 있지만 그것은 서로간 알고 있는 습성의 인정인 경우가 많다.

그래도 그 말이 선뜻 나오지 않는 사람의 변화 앞에서는 멈칫한다. 놀라움과 낯섦이 좋아 보여서든지 멋져보여서라면 좋겠지만 그 반대도 있다. '아니 왜 이리 늙었어, 말랐어, 뚱뚱해졌어, 우울해보여, 병색이야'라는 말을 이미 맘속에서 외친 경우는 표정을 다스려야 한다. 어찌 그 구체적 단어를 노출시키겠는가.

여전하다는 말이 편해진 나이가 된 걸까. 예전엔 그 말이 싫었다. 발전이 없고 그냥 그저 그렇다는 심드렁한 평으로 받아들였다. 변해 보이거나 색다르게 보이길 바랐나보다.

그날 누군가가 고모부의 손을 잡으며 "아구, 왜 이리 늙었어?"라고 말했다. 몹시 듣기 언짢았지만 여전하지 못함에 대한 안타까움이 더 빨리 튀어나왔으리라 생각했다.

커트가 다 끝나 눈을 떴다. 미용사가 "하던 대로 할까요?" 묻는다. 매번 하던 대로 해달라고 했던 것과 달리 "좀 바꿔볼까봐요" 했다. 빨리 풀려 귀찮으니 정수리 부분만 강한 웨이브를 넣어달라고 했다. 그러면 생기가 굼실굼실 솟아오를 것 같았다.

파마가 시작됐다. 다시 눈을 감았다. 여전하지 못해 오는 소식들, 세상을 하직했거나 발병의 소식이 쑥쑥 쳐들어오는 요즘, 여전하다는 말은 참 괜찮은 말이라고 인정하려는데 그것도 욕심이라고 내 속에서 작게 들려온다.

다시 눈을 감고 있다가 떴다. 머리 손질이 다 되고 거울을 보면 언제나 그랬다. 이전 머리가 더 자연스러웠다. 어색한 나를 못 참아 웨이브를 잘 눌러주고 방향을 잡아주고 뻐침을 달래주려면 더 애써야 한다. 일상도 늘 그랬다. 잠깐의 새로움은 그랬다.

며칠 후 행사장에서 지인이 "여전하시네요" 한다. 난 좀 바꾼 것 같은데 그건 아닌가보다. 다행인가(?) 싶었다.

처음 늙어보는 일을 위하여

난, 사실, 어쩔 수 없이, 이 땅의 훌륭한 우리들의 어머니나 아버지는 물론 모든 노인이 요양원이나 요양병원으로 보내지는 걸 고깝게 생각하지 않길 바랐어.

부모의 수명이 늘어나는 동안 자식도 노인이 되고 부모가 자식을 키운 세월보다 자식이 부모 챙겨야 하는 세월이 길어졌어. 젊은 자식들은 길게 살기 위해 일해야 하는 기간이 길어지고 팍팍해졌다지. 그래도 한편으론 지네끼리는 즐겁게 살기로 작정한 시대가 오다보니 자식들은 부모를 부담스러워한다는 것을 나도 알거든. 그래서 남의 손이 필요할 땐 자식의 도움보다는 내가 알아서 결정해야 한다고 '쿨'하게 생각했어.

내리사랑이라고, 부모가 자식 지극정성 키우고 최대한 퍼주고도 남는 시간은 걱정하는 게 본능. 실컷 사랑해주고도 미진해서 마음 짠한 게 자식사랑인데 자식은 부모의 10% 정성만 되돌려도 효자라는 건 불변이잖아. 그러니 준 것은 잊고 받은 것으로 행복을 굴려야지, 서운함이라는 병이 도지면 관계가 서먹해져.

나는 아직 끼인세대라 이래저래 바빠. 일주일에 한번 시모님 찾아 뵙고 2주 한번 멀리 친정 부모님 찾아뵙고 주말엔 결혼한 애들이 드나들어 숙식을 제공하지. 딸과 사위들 푸짐하게 먹이고 손자들 입 벌리는 거 재미붙여 떠먹이느라 바빠. 밥숟가락 들고 기다리는 시간이 길어 팔이 저릿할 지경인데도 내 자식 키울 때처럼 열성이 나오는 거 보면 신기해. 물 달라, 우유 달라, TV 프로그램 돌려달라, 놀아달라, 어깨가 굳고 허리가 뻐근해져도 얼굴엔 웃음기가 넘쳐서 얼굴이 미워지진 않아. 다행이지. 고생스러워도 행복을 품고 있다는 것은.

애들이 온다면 기다림이 즐거움인데 연로하신 부모님 찾아뵈는 건 일처럼 무거워져. 그러나 헤어질 땐 많이 달라. 애들과 헤어질 때면 웃으며 후련하고, 부모님과 헤어질 땐 짠해지면서 찾아뵙길 잘했다 생각되는데 다시 시작하면 또 같은 심정이야. 좌우로 갸우뚱 재보는 일에만 익숙한 인간들은 위아래로 갸우뚱 아무리 해봐도 답이 없어 결론을 내버리고 만 거겠지 '내리사랑'이라고. 자식에겐 많은 걸 퍼주면서 부모님 쪽으론 티만 내고 작은 것에 부담스러워하는 한심한 족속이니까.

연로하신 부모님 계시고 자식들 왕래는 많아지고 딸들은 직장 다니다보니 나 같은 세대들 힘들어진 거 보면 안 됐어. 동물도 자식이라면 끔찍이 지켜내고 생명 바치는 종자도 있지만 부모를 모신다는

●

동물은 들어본 적이 없으니 자식을 돕고 부모를 걱정하는 인간인 게 다행이긴 한데, 가까스로 생각해낸 요양원이나 요양병원이 있어서 솔직히 나도 얼마나 다행인지 몰라.

그래서 말인데, 밥도 못해 먹을 만큼 늙고 어딘가 고장나면 '쿨' 하게 그곳으로 갈 거라고 다짐한 거지. 이렇게 말하면 엄청 나이든 것 같지만 걱정 미리하는 스타일이라 그래. 60㎞로 세월 간다는 60대가 되니 7,80㎞도 금방 올 거라는 생각이지. 어딘가 분명 책임을 다하지 못하는 장기나 뇌 한쪽이 멍텅구리가 될 가능성이 있을 거란 말이지. 아무리 건강해도 죽음으로 가는 길목에선 거치는 코스잖아. '건강한 사람'이라는 라벨은 언젠가 떼어지게 돼 있지. 유전적으로든 건강관리를 잘해서든 불행을 만나지 않아서든, 삼박자가 다 맞아서 탈 없이 건강하게 장수하는 사람은 건강관리 잘해서 그런 거라고 으쓱대지만 그것도 오만인 게야. 건강관리 잘해도 사고를 당하거나 세월이 가면 무너지는 게 건강이니까. 열심히 살아서 너보다 이 세상의 '좋은 장난감'을 많이 모았다고 우쭐대는 사람과 같은 거지.

얼마 전 친정아버지를 대전의 요양병원에 모셔다놓고 2주에 한번 들여다보고는 생각이 바뀌어가더군. 전엔 '그런 삶은 삶이 아니다'라거나 '그렇게 더 살아서 뭐하나'라며 삶을 내가 바라본 대로 쉽게 말했던 것과 달리 '어떤 삶이든 느끼는 삶이면 삶이다'라는 생각이 들더군. 몸은 멀쩡하고 정신이 어설픈 사람이 돌아다니며 인사를 해, 눈물만 보이고 말을 못하는 분과 아버지처럼 몸이 역할을 못해 누워서

가물가물해지는 분과 아무것도 모르고 누워 있는 분, 홀연히 침대가 비고 다른 분이 다시 오고…. 매일매일 똑같은 듯 다른 공간이었지. '그곳엔 삶이 없다'라고 생각했던 내 생각이 틀렸다는 참담함이 왔어. 병실을 왔다가는 환자보호자에게나 간호사와 간병인은 죽음을 생각하고 있었고 누워 있는 환자들은 삶을 생각하고 있었던 거야. 환자는 삶을 꼭 붙들고 있었고 주위 사람은 아닌 척 죽음을 기다리고 있었어. 식판을 배달하는 소리, 침대가 오르락내리락, 끊임없이 요구를 들어주고 핀잔 섞인 친절도 오고가면서 고요와 움직임이 교차하는 삶이 있었어.

'아, 이 어쩔 수 없음이여'라며 아버지를 보고 나올 때면 가슴이 아프다가도 집에 오면 잊히고 '나도 아프면 기꺼이 그쪽으로 가리라' 가볍게 떠들었지. 죄지은 것 같다가도 '이런 시설이 있어 다행이다'라는 맘으로 잽싸게 움직일 때 '서로에게 고통보다는 외로움이 낫겠지'라고 생각했어.

미카엘 하네키 감독의 〈아무르〉라는 영화를 보았어. 까맣게 빛이 사라진 어둠이 몇 초간 계속되어 '방송사고인가' 했을 때 빛이 다시 나왔어. 마음이 아프고 처절해져 스톱을 시켰다 다시 보기를 세 번. 부인이 어느 날 경동맥 막힘으로 치매와 함께 몸이 말을 안 듣자 남편이 집에서 보살피는, 진실이 주는 맘 아픈 영화야.

남편, "절대 그런 데 안 보낼 거야."

딸, (화난 듯) "다른 방법이 없어요?"

아들, (점잖게) "병원에 가보시죠."

이 대사는 지구 어느 자식 다 비슷할 거야. 가족의 손수 보살핌으로 파생되는 짜증, 심술, 반발, 슬픔, 그리고 어떤 각오(영화에서는 베개로 부인의 얼굴을 누른다)까지의 과정이 누구에게나 불편한 진실이라는 것을 확인시켜주더군.

수잔 손택의『은유로서의 질병』을 여기서 다시 읽은 것 같았어. 책을 읽을 때 지식으로 오던 감성이 두 부부의 건디는 일상을 보며 눈물처럼 흐르고 있었어. 질병이나 불행은 '은유'를 포함하고 있어 더 힘든 거라고.

질병, 그 자체의 고통보다는 나 자신을 바라보는 고통, 상대에게 비치는 내 자신의 모습을 보는 고통, 그것이 자신을 괴롭히는 거였지. '비참하고 불쌍한 내 모습'이라고 생각하는 순간 부인은 자신을 보는 시선에 참을 수 없는 고통을 느끼고 남편도 지극한 정성을 쏟으면서도 못지않은 고통을 느껴, 고통으로 두 삶이 부수어지는 시간을 공유하고 바라보는 게 나쁘다는 생각이 들었어.

난 서양 사람들은 워낙 개인주의나 독립적인 의지가 강해 부모를 요양원이나 병원에 모시는 걸 아무렇지 않게 생각하는 줄 알았지. 영화나 글에서 보면 다 같은 고민과 죄책감과 어쩔 수 없음을 보게 돼.

카뮈의『이방인』에서도 알 수 있어. '오늘 엄마가 죽었다. 아니 어쩌면 어제. 모르겠다'로 시작되는 소설은 양로원에 있는 엄마와 뫼르소의 거리 그리고 죄책감, 자연사와 사형수의 미래의 죽음을 잘 그려주고 있어서 읽고 또 읽고 이해하려 애써보았어. 그리고 마침내 이해의 문고리를 잡은 듯했을 때 카뮈가 대단한 작가라는 것을 알았지. 인간이 만든 사회적 관습에 들이대는 감성적 잣대와 개인별 차이에서 오는 부조리가 차갑게 다가왔어.

그러다 내 차례를 구체적으로 생각해보았어. 부모님 일로 생각했을 때와 다르게 참 쓸쓸한 일인 것 같아. 아, 어떻게 하면 인생의 마지막을 안 쓸쓸하게 보낼까 생각해봤는데 그 생각만으로 쓸쓸하고도 남더군. 아프지만 않다면 늙어가는 시간마저 흥미롭게 느껴보면 될 테지만, 기어이 그 쓸쓸함과 고통 다 느껴보고 가라는 시간이 있을 게 분명하다고 생각하니 걱정은 슬슬 되더군. 게다가 쓸쓸함 너머의 시간도 남아 있다면 어쩌나 하는 거지. 회전목마가 그쳤는데도 봉을 꽉 잡고, 모두가 기다리는데 나만 모르고 내리지 못하는 그 시간, 그게 문제지.

95세가 된 시어머니나 90세 아버지를 보면서 신이 생각했을 것을 상상해보니 이해가 가긴 해. 신이 되돌린 대칭법, 과거로 되돌려서 어린아이가 되는 거지. 어린아이처럼 먹여주면 먹고 누워서 한정 없이 자고 어젠지 오늘인지 내일인지 모르고 있다가 그것도 지치면 자궁처럼 작은 항아리에 뼈 한 줌으로 돌아가는 것. 쓸쓸해하지도 말고 투정도 말고 누구도 괴롭히지 말고 가는 대칭법이어야 하는데…. 그것을 지켜보는 눈길이 아이를 지켜보는 것과 다름을 신도 생각했을까. 의무와 사랑의 비율이 정확한 대칭이 안 된다는 건 내용이 달라진 거야. 즐거움의 반대인 슬픔도 아닌, 고통과 유사한 것으로.

신은 신이 소외받지 않으려고 우리 인생 곳곳에 고통의 장치를 해놓고 숨바꼭질하듯 우리가 찾아내길 원하고 찬양받으려고 대단한 일을 하시지만 늙지 않아 봤으니까 늙은 맘을 몰랐을지도 몰라. 모든 건 그 위치에 가야 아는 거잖아. 늙음 또한 늙어봐야 아는 것, 궁극엔 외로움이나 고통이라는 소스를 늙음의 벤치에 뿌려 삶의 맛을 잃게 하고 정을 떼게 하는지 모르지.

베르베르의 소설 『황혼의 반란』은 재미난 소설이야. 노인이 너무 많고 오래 사니까 자식이 돌보기 힘들어졌고 국가적으로도 손해였어. 자식이 돌보지 않으면 당국이 관찰하고 있다가 곧장 데려가 구금을 해버리는 국가적 차원의 법을 만들어. '노인배척당국'이 만든 법에 따라 생명을 연장하는 약도 장기도 생산을 중단시키지. 탈출한 노인들은 다시 한번 찬란한 황혼을 맞이해. 노인들은 각자의 전공에 따라 일을 도모하고 창의적 발상과 협력으로 세력을 키우고 자생력을 키워가지. 당분간 의욕적 삶을 살게 되지만 때는 오는 것, 굳세게 저항하고 맞서보지만 언젠가는 잡혀 죽임을 당하는 소설이야. "너도 언젠가는 늙은이가 될 거다"며 법 집행자인 젊은이를 원망하는 소설의 끝, 나는 살짝 실망했어. 마이클 킨슬리의 에세이 제목처럼 "처음 늙어보는~' 일이라 좀 서툴고 당황했지만 그래도 매일 새로웠단다"든가 "너희도 늙어보면 안단다, 많은 걸 느껴보는 노인도 괜찮았다"든가 하는 노인의 삶에 대한 옹호가 없더군. 선택의 여지가 없는 세

135

월, 어느 토막이 가장 좋다고 할 수 있겠는가.

늙음은 낡음과 다르다고 하잖아. 나는 어린아이가 되어 본능만 있는 시간이 없길 신께 빌어야겠어. 몸은 말을 듣지 않는데 지성과 감성이 예민한 삶도 힘들어. 그러니 제발, 반란도 않고 순종할 테니 마치 글감을 잡은 듯 세상을 반갑게 바라보다 가게 해달라고 기도해야겠어.

차를 타고 가다보니 요양원과 요양병원이 몇 건물 건너마다 들어섰더군. 교외에도 드높게 내건 간판을 보니 짠해. 그곳에 가기 전, 늙음에 대한 예습을 하는 것도 현명한 일일 것 같아.

모니카 마론의 소설 『슬픈 짐승』 첫 구절이 인상적이야. "대부분의 젊은 사람이 그렇듯 나도 젊었을 때는 젊은 나이에 죽어야 한다고 생각했다. 내 안에 너무 많은 젊음, 너무 많은 시작이 있었으므로 끝이란 것이 좀처럼 가늠이 안 되었다. 서서히 몰락해가는 건 나에게 어울리지 않았다. 지금 나는 백 살이다."

나도 그랬거든. 새 학년이 낯설고 새 연도가 낯설고 새 나이가 낯설어서 적응하느라 정신없는 시절이었지. 알고보니 젊었을 때만 너무 많은 시작이 있는 건 아니었어, 시작을 따라가다보니 100살이 된 소설 속 그녀, 죽을 뻔한 적이 있었던 그녀가 하는 말은 '인생에서 놓쳤더라면 후회했을 것은 사랑'이라고 했지. 사랑을 따라서 새롭게 시간을 살고 있었어. 그녀처럼 누구나 새롭게 살아가야 할 무언가가 있어야 할 거야. 사랑 말고도 말이야. 그걸 찾아낸 사람을 행운아라 하겠지.

내일보다 젊은 지금, 어제와 다른 시작이 있음을 알아. 인생을 지루하게 만드는 사람은 언제나 새로움을 놓쳐서일 거고 정약용이 싫어하는 말, 소일消日(하루를 소비하는 일) 속에서 살아서일지도 몰라. 새로움을 발견하는 한, 죽음의 문턱을 발견하는 순간까지 그것이 젊음이고 시작이지.

인생은 언제나 시작이야. 서서히 몰락해간다고 생각하는 건 미래를 섣부르게 추측해서인 거야. 젊은 시절 나도 그랬으니까. 늙음 속에도 나날이 새로움이 있어, 낡음에는 없을지 몰라도.

나는 신께 또 빌 거야. 빌게 많아지는군. 발견하는 기쁨을 달라고. 새로움에 젖어 늙어가는 거야. '죽음은 산 자의 것도 아니고 죽은 자의 것도 아니다'라 누가 그랬더라. '죽음은 없는 것이고 죽어가는 일뿐이다'라고도 했지만 그 기막힌 시간까지 뭐든 발견하는 거라면 늙어가는 일도 괜찮은 일일 거야.

다만 누군가에게 폐를 끼친다면 가치적 혼란이 올 거야. 90살이 뭔지 100살이 뭔지 참 궁금하긴 하지만 염려가 더 빨리 오는 걸 보면 아직도 어색한 시작을 맞고 있는 게 분명해. 궁금한 걸 인식할 때까지 살면 되겠어. 맞아. 궁금할 때까지만. 더 이상 궁금하지도 않고 누군가에게 너무 폐를 끼친 나머지 새로움이 두렵고 부끄럽기만 하다면 죽음이 반가운 일이 될 수도 있을 거야.

새로움을 놓쳐버리면 낡음에 해당되지. 우린 낡지 말고 자연스러운 늙음에 자리해야 해. 처음이라 어색한 나이, 어색한 삶, 그것들을 신선하게 궁금해해야 해. '처음 늙어보는 일이라 재밌습니다'라고 말할 수 있길 바라. 기도할 것이 또 생기는군. 이것도 늙어보는 재미일 거야.

잠자는 위치

척척 두 사람이 자리를 편다. 그렇다면 나는 어디서 자야 하나 눈치를 보는 시간이 됐다.

설마 침대서 둘이? "저는 너무 뒤척거려 누구랑 같이 잠을 못 자요. 피해줄까봐… 구석이 좋아요." 간신히 내 잠자리 벽癖을 말했다. 온돌방 두 사람이 나란히 편 곳 위로 가로질러 자리를 폈다.

내 다리는 이불에 다소곳하지 않다. 예의 바른 태도는커녕 마음대로 이불과 장난질이나 하는 다리다. 그래서 누군가와 한 이불을 덮고 자는 것은 족쇄를 차는 것과 같다.

어릴 적 한방에서 자매가 자다보면 가운데 끼이기가 일쑤였다. 이리 돌아도 언니, 저리 돌아도 언니이고 이불을 젖히지도 못하고 잠을 못 이루고 답답해할 때 밖에서 무슨 소리라도 나면 도둑이 행동을 개시한 거라는 상상의 절차에 따라 숨을 죽이고 잠을 못 자곤 했다. 생활이 좋아진 이 시대는 어딜 가나 이불 한 자락은 휘감고 자도 되니

다행이다.

그럭저럭 좋은 잠, 행복한 잠, 싫은 잠, 불편한 잠의 연속으로 자왔다.

벽 쪽의 편한 잠, 이불이 붕 떠서 지나가는 가운데 잠, 외로운 잠, 괴로운 잠, 둘이 살을 느끼며 자는 잠, 돌아누운 잠, 자는 척하는 잠, 아기가 옆에 있는 조심스런 잠, 끙끙 아파하는 사람이 있어 자다 깨면 미안한 잠, 새벽에 깨야 하는 긴장한 잠, 아픔을 잊기 위한 잠, 아픔이 살아나는 잠….

위치적으로도 많은 잠을 잤다. 안정적인 내 방의 잠, 잠들기 전 흥분했다가 자고 나니 몸이 무거워진 텐트의 잠, 여행지에서의 조심스런 단체 잠, 선상에서의 좁디좁은 잠, 차 안에서의 앉은 잠, 병실에서의 주연主演이 된 잠, 혼숙이 되어버린 잔칫집에서의 잠, 장례식장에서의 슬프고도 노곤한 잠, 비행기 안에서의 하늘 잠, 산이 다가온 산속의 잠, 파도가 들이칠 것 같은 바닷가 민박에서의 잠. 모두 내 잠의 주인공은 나였던 잠이었다.

어머니가 수술을 한 다음날, 나는 병원에서 잠을 자기로 했다. 분주함과 기다림이 불규칙하게 섞인 낮 동안의 몸이 해거름이 되자 나른했다. 저녁식사를 물리고 조용해지면서 밤이 복도에 가득 찼다. 복도는 '일상'이라는 자극적 맛이 다 빠져버렸다. 무맛의 공기만 흐를 뿐 모든 정령이 다 숲이나 밤하늘로 날아간 느낌이었다. 발걸음이 줄고 보호자들도 각자 자리로 돌아간 시간, 나도 내 자리에 앉았다.

6인의 환자 침대와 6인의 보조 침대. 보호자의 침대는 환자의 침대 아래에 바싹 주저앉아 있었다. 침대에 엉덩이를 대고 등을 가만히 뒤로 뉘었다. 몸 하나 반듯하게 누이면 그만, 뒤척거릴 여유가 없게 좁고 낮았다. 최소한의 공간, 경제적 가치와 만났을 때 보호자의 자리는 이만큼이 적당했나보다.

낮 동안 그곳에 앉아 있으면 어머니가 눈높이에 있었는데 눕자마자 시야가 달라졌다. 환자의 높은 침대는 가벼워진 육신과 함께 떠 있는 것처럼 보였다. 침대 아래로 뻥 뚫린 공간이 들어왔다. 서늘한 시멘트 바닥과 침대 아래의 철제 사선들 사이로 보이는 링거걸이의 뼈대와 받침 그리고 바퀴, 소변통과 쓰레기통. 그리고 내 눈 바로 앞에는 어머니 옆구리에서 내려온 노란 소변 비닐이 축 늘어져 있고 그리고 이쪽 침대의 커튼 자락이 보였다. 다 닫히지 않은 커튼 사이로 다른 침대가 보였다. 그쪽 보호자의 낮은 침대의 이불과 슬리퍼가 보였다. 모로 누워 잠을 자려나보다. 나는 그 아래 공간에 배치된 소품과 풍경이 을씨년스러워 돌아누웠다. 잠시 나도 모를 자책이 와서 나는 바로 누워 이불을 내 배 위의 정중앙에 잘 배치해두었다. 그러나 뒤척거리기가 특기인 나, 참을 만큼 참다 몸뚱이를 움직이면 이불을 아래로 떨어뜨리기 여러 번이었다. 평상시 벽은 나에게 골방의 느낌을 주는 편안한 장치 같은 것이었는데 이곳에서의 벽은 그저 가슴시린 시멘트였다.

결핍을 털기 위한 뒤척임과 욕망을 위한 뒤척임이 일상적 잠의 사치라면 낮은 조도의 불빛 속에서 느끼는 이 여러 명의 적막한 잠은

●

삶에 복종하려는 침묵 같았다. 일상의 곤한 잠이 내일을 위한 충전의 잠이라면 이곳의 곤한 잠은 방출된 에너지가 충전되지 않아 기다리는 잠 같았다.

일정한 시간마다 조용한 복도를 따라 간호사들이 왔다. 내가 깨어 있음과 자고 있었음을 일깨워줬는데 이상하게도 내 잠의 방해꾼 같았다. 자고 있는 어머니의 경우는 달랐다. 깨어 있기 위해 TV를 켰으나 TV가 있어서 잠시 잠들 수 있는 것과 같이 어머니의 존재는 내 잠과 그런 관계였다. 어머니를 위해 깨어 있어야 하고 어머니로 인해 잠든 시간이었다. 시멘트 바닥이 보이는 낮은 잠이, 떨어진 이불을 다시 끌어올리는 좁은 잠이, 아래에 있는 잠이, 지금 나의 존재 이유를 알려주었다.

잘 때는 누구라도 개체로 잔다. 그러나 누군가를 위해 낮은 잠을 자는 사람은 많을 것이다. 아기를 키우는 엄마의 잠과 환자를 돌보는 보호자의 잠처럼 애쓰는 낮은 잠, 자면서도 누군가를 소중히 여기는 잠이다.

나는 뒤척거리다 또 한번 이불을 떨어뜨리고 눈을 떴다. 창밖의 여명이 실내등 빛과 섞이는 중인가보다. 회복의 시간이 창으로 들어와 커튼 사이로 흘러 낮은 침대 아래까지 밀려오고 있었다. 나는 일어나 앉았다.

다시 어머니의 침대가 눈앞에 있다.

닭을 생각하다

딸은 말한다, '나를 키운 팔 할은 치킨일 것'이라고.

서정주 시인이 23세 때 했다는 말을 듣긴 한 모양이다. 치킨은 복잡한 뇌선을 따라 잡아낸 추상의 언어가 아니다. 확실하게 입으로 섭취해서 뼈와 살을 만들고 식탐과 편식과 그리고 유희적 행복을 책임져온 구체적 명사다. 현재진행형, 그만큼 닭은 우리의 날들에 기여한다. 특별한 날, 우울한 날, 기쁜 날, 그저 그래서 재미없는 날, 밥하기 귀찮은 날, 튀긴 음식이 먹고 싶은 날. 이유가 많다.

계란 얘기부터 해보자. 일찍부터 열심히도 먹인 계란, 완벽한 식품이라는 학자들의 이론에 순종했다. 〈뽀뽀뽀〉를 보고 있는 아이들 입에 계란프라이를 넣은 비빔밥부터 시작해서 계란말이밥, 계란찜, 삶은계란으로 순회하며 '단백질' 타령을 했다. 도시락을 여는 순간 기쁨으로 받아들인 계란에 대한 나의 옛 기억을 아이들에게도 전달한 셈이다. 몸에 좋고 충분히 먹을 수 있다는 게 행복했고 다 먹이고 나면 흐뭇했다. 한국인의 계란 섭취의 놀라운 통계에 기여한 점도 만만치 않다.

그러다 배달 치킨이 나왔다. 계란의 시대에서 발전해 배달 치킨은 생활의 샴페인 같은 거였다. 한식으로 요리하면 삼계탕이나 닭볶음탕이 되지만 기름에 튀긴 닭은 영어 '치킨'이 된다. 삼계탕이 차분한 날의 양식이었다면 치킨은 들뜬 날의 양식이었다. 가족의 건강을 진지하게 챙기고 싶은 날, 닭을 인삼과 황기 같은 각종 전통 재료들과 함께 푹 고아 들이밀었다. 그런 날이면 딸들도 진지했다. 이상한 한약 냄새라며 조심스레 먹고 차분하게 방으로 사라지곤 했다.

치킨을 먹는 시간만큼은 다분히 유희적이었다. 어떤 미미한 일이라도 특별한 날로 구분해서 기분을 띄우고 싶을 때 배달을 시키면, 기다리는 동안 무얼 해도 무수한 긍정파가 날아다녔다. 나는 여우 같은 속셈으로 치킨이 올 때까지 '숙제를 끝내라'라든가 '방 좀 치워봐라'라고 주문했다. 평상시라면 아이들에게 부정의 말로 들렸을 말이 술술 먹혀들어갔다. '딩동'이 반가워 현관으로 뛰어나가고 서둘러 포장을 풀고 가족이 모여 앉으면 입으로 들어가는 그 고소함은 즐거움의 구체적 증거였다. 행복의 안주 같은 거였다.

시간이 흐르고 흘러 딸은 직장인이 되고 어른이 되었어도 역시 '치맥'이라는 매력적 궁합을 즐기고 있으니 치킨이 딸을 키우는 단단한 역할을 했다고 인정한다.

그런데도 그 많은 닭들이 어떻게 우리에게 오는지 알고 먹진 않았다. 요즘 통계로는 한국인 한 사람이 일 년에 계란을 260여 개를 먹고 닭을 1년에 16마리를 먹는다고 한다. 하루 소비량이 200만 마리라니, 닭에게 감사패가 아니면 사과문이라도 보내야 하나 하는 미안함이 생긴다.

나는 닭띠다. 닭이 마당에서 모이를 쪼는 모습을 어릴 적 외할머니 댁에서 보고 닭띠인 게 싫었다. 돼지우리에 있는 돼지 팔자가 더 좋아보여 은근히 내 팔자에 대해 걱정했다. 사람이 먹기 위해 가축을 키운다는 것을 안 후로 집안의 가축이 거북해졌지만 그것도 잠시, 뭐든 맛있고 즐거웠다. 시간이 지난 요즘, 마당을 이리저리 돌아다니며 쪼아대는 자유로운 닭을 TV에서 보면 행복해보인다. 그러나 그것도 내 생각일 뿐 마당의 닭과 갇혀 있는 닭을 비교할 수 없으리라.

AI 때문에 닭이나 오리가 살처분되고 구제역으로 돼지가 그랬을 때 가슴이 아팠다. 우리에게 먹혀야 할 게 땅에 묻혀서는 분명 아니고 죽어야 하는 시점에 시선이 머물러서 그랬을까. 직접적 원인은 살처분된 닭이 땅에 묻히는 장면을 보아서일 것이다. 만일 내가 먹을 치킨이 한꺼번에 죽임을 당하고 털이 뽑히고 다듬어져서 자동 처리 시스템에 의해 봉투에 넣어지는지 매번 봤다면 닭이 거북했을 게다. 안 보아서 다행이라고 말하고 싶은 건 이기적인 생각이지만 어쩌면 수많은 일들은 안 보아서 다행이고 안 보아서 행복으로 변환되고 있는 게 아닌가.

닭이 닭장에서 A4용지 크기의 공간에서, 돼지가 제 몸 불릴 크기만큼의 공간에서, 소가 또 그만큼의 공간에서, 사료와 항생제를 먹고 살충제 속에서 키워지는 상황을 보면 맛있게 먹을 수가 없다. 치과에 누워봐도 수술대에 누워봐도 치료나 수술 부위 외를 다 가리는 이유는 그런 이치, 목적만 보자는 것이다. 감정이 들어가면 곤란해지는 것을 위해 우리는 얼마나 많은 것을 안 보아야 한다고 피하는지.

인간도 닭장 같은 한계 안에서 모이를 찾아다니고 잠시 그 안에서 행복도 느낀다. 때론 자유를 갈망하지만 긍정의 힘을 모아 간신히 또 살아낸다. 그러다 죽고 싶을 때와 죽고 싶지 않을 때와 상관없이 죽어, 무엇이 되는 것과 크게 다를 바가 없지만 가축의 자유마저 빼앗아버린 것은 미안하다. 날아보려고 파닥거려볼 공간은커녕 움직이지도 못하게 한 좁은 공장식 축산이 안타깝다. 동물의 세계는 본능에 따른 잔혹성이 있다지만 인간이 저지르는 수익성에 따른 잔혹성도 같은 방식이지 않은가.

수익성이 가미된 인간의 속셈을 붙잡기는 어렵다. 이미 생각해낸 아이디어를 접기도 힘들다. 편리성과 수익성의 가속 페달에 제어 역할을 하는 친환경주의자들의 노력에 존경의 마음을 보낼 뿐이다. 우리 집 축제에 많은 힘이 되어준 닭에게 고마울 뿐이다.

바쁘게 먹은 밥, 여럿이 먹는 밥

허겁지겁 밥을 탐한 손, CCTV가 있었다면 그렇게 안 했을 거다.

먹고 나니 보인다. 반질반질한 식탁과 반짝거리는 밥은 다 봤겠다. 얼마나 빠르게 삼켜댔는지. 누군가와 밖에서 정식으로 밥을 먹었다면 그렇게는 안 먹었다. 허리를 펴고 속도를 지키며 밥에게 덤비지 않았을 테고 반찬이 소비되는 정도까지 살피며 먹었을 게다. 눈치와 체면이 대부분 시간 나를 지켜주는 자동제어장치였구나 싶다.

밥이 다 넘어가기 전 또 한 숟가락은 기다렸고 한 박자 먼저 들어가는 못갖춘마디처럼 툭 서둘러 넣으면 입은 빠른 박자에 맞추어 움직였다. 리듬이 안 맞는 숟가락과 젓가락 소리가 식탐의 충족을 축하해주는 것 같기도 했다.

배가 부른 후 돌아보니 스스로에게 염치가 없다. 배 좀 고팠다고 그리 서두르다니. 수렵시대에는 언제 배불리 먹을지 모르니 형편이 될 때 먹어두었다지만 요즘 나는 하루 세 끼 먹거리가 냉장고 안에 꽉 차 있는데 잠시 허기에 이 난리였다. 바로 전 행동을 재생해봤다면 나는 본능을 은근히 무시했을 것이고 부끄러워했을지 모른다.

배부른 이성은 잘난 체만 하지 않는가. 됐다, 먹는 일은 삶의 기본이고 맛있게 먹는 건 기본을 행복하게 하는 일인데⋯. 잠시 부끄럽던 나를 돌려놓았다.

식탐, 그것이 참으로 고맙다. 배고프면 먹고 싶은 메뉴가 용수철처럼 튀어나오니 어김없이 오는 식사 시간이 지겹지 않다. 숟가락을 언제 놔야 할지 고민해야 하는 유쾌한 고통, 절제와 식탐의 팽팽한 끝마무리, 재밌는 게임이다.

어릴 적 엄마는 반찬투정이 심한 나에게 입이 까다롭다고 핀잔하셨고 끼적거린다고 혼내셨다. 그런데 어느 때부턴가 반찬에 맛이라는 특별한 선물이 있음을 알아버린 뒤 욕심이 앞서 급하게 먹거나 너무 먹어서 체한 적이 많다.

엄마가 해주는 반찬 중 김치전이나 김치찌개, 김치볶음 정도에서 맛을 알아냈다. 내가 아는 맛이란 짠맛과 신맛, 매운맛, 고소한 기름맛이다. 다섯 형제자매의 경쟁은 오직 고소한 기름맛에서 맹렬히 살아났다. 양푼 한 가득 김치와 밀가루를 섞어 반죽한 것을 국자로 건져 기름이 흥건한 프라이팬에 올리고 시멘트 바르듯 펴발라 부치면 공기 중에 흩어진 기름 한 줄기가 방 쪽으로 흘러들었다. "자~ 가져가라"는 소리가 마루를 건너 부엌에서 들려오면 우리 중 하나가 뛰어갔고 채반 가득 전이 한 판 있었다. 5명이 한번에 찢어갔다. 젓가락

놀림이 느리면 고소한 가장자리를 다 빼앗겼다. 두툼하고 고소한 맛이 덜 나는 가운데 부분만 먹게 된다. 입으로 들어간 거우 한두 조각, 아쉬움 때문에 기다림이 즐거웠다. 다시 부르면 가져왔고 또 한 판이 순식간에 없어졌다. 몇 번을 반복하고 난 뒤 김치전은 드디어 김이 빠진 채 누워 있었다.

'여럿이 먹는 맛!' '내 몫을 차지하는 맛!' '감질나는 맛'을 알게 되었다. 배가 부르면 여럿이 먹는 맛도 효력이 없고 내 몫을 차지하던 맛도 힘을 잃고 감질나던 맛도 사라진다.

'맛으로 인간은 인간다워졌다'고 박찬일 셰프는 그랬다. '추억의 반은 맛이다'며 기억 속의 맛도 불러일으켰다. 맛도 글로 엮지 않았다면 또 어찌 그 많은 기억을 불러올까. 정약전의 『다산어보』처럼 기록이 없다면 어류의 생김과 맛에 대한 기억을 어찌 다 알까. 음식 맛을 알고 먹다보니 드디어 인간다운 기쁨을 누리는 기분이었고 기억은 다시 반복의 즐거움을 주는 역할을 했다. 엄마가 더 좋아졌고 시장기를 느끼는 잠시의 고통을 참으면 만족한 시간이 온다는 것을 알았다.

이제는 아예 음식 세상이 됐다. 즐기고 창작하는 예술에 이르렀다.

혼자서도 정갈하게 먹는 영화 〈리틀 포레스트〉, 새로움을 추구하는 영화 〈아메리칸 셰프〉, 달콤함으로 사랑을 전할 수 있다는 영화 〈초콜릿〉, 세계 각국 사람에게 고향의 맛을 기억하게 해서 성공하는 〈세상의 모든 디저트〉, 미친 듯이 열정을 다하는 창작음식 〈셰프〉를 보았다.

음식은 누군가에게 만족을 주려는 정성과 그 음식을 긍정적으로 함께 먹는 사람으로 완성된다.

요즘 간절한 것은 여럿이 먹는 맛이다. '행복한 기억은 식도를 타고 온다'는 셰프의 말에 좋은 추억을 당겨 기억의 맛을 탐해보는 것도 소소한 재미이다. 여럿이 먹을 때 내 몫을 안 놓치려는 욕심은 소박한 흥분이었다.

시장해서 바빠진 손놀림은 부끄러운 게 아니다. 시장기를 위해 허겁지겁한 본능이 부끄럽다니 잠시 내가 잘난 체를 한 것 같다.

잠은 힘이 세다

아직 안 자도 되는 시간이구나. 저렇게 불빛이 찬란하잖아.

앞동의 불빛이 띄엄띄엄 살아 있다. 불이 꺼진 창은 벽이 되었지만 편해보였고 부러웠다. 창이 살아 있는 집을 보면 반가우면서 위안이 되었다. 하루의 끝을 잠에 밀어넣고 어제와 오늘의 선을 긋고 싶은데 바통터치가 순조롭지 않다. 손을 뻗어도 잠이 받아주질 않는다. 괜스레 불안한 호흡, 터덜터덜, 급기야 의욕도 없이, 그러다 앞동의 불빛을 보며 중얼거렸다. 그래 아직 안 자도 돼.

잠이 쏜살같이 달려와 낭패를 봤던 시절은 젊었을 때다. 형편없는 체력은 잠에게 참패를 당했고 코끼리나 말처럼 두세 시간만 자도 살 수 있다면 좋을 텐데…, 욕심을 채우지 못한 일상을 잠 때문이라며 아쉬워했다. 잠을 덜 자며 일했다는 성공한 사람을 부러워했고 잠이 모자라 힘들다 하면서도 많이 잤다고 속상해했다. 그렇게 잠에게 인생의 삼 분의 일을 내어주며 밀당을 해왔다.

●

이제 다른 불안이 생겼다. 깨어 있으려는 욕심이 아니라 억지로 자보려는 욕망이다. 자야겠다는 바람과 생체리듬 사이의 불화다. 반복되는 생활이 지루할 수도 있지만 시간만은 새로웠는데 잠을 기다리는 시간이 지루해졌다.

불안한 분침과 의심으로 가득 찬 시침이 흐른다. 잠은 의식을 밀어내지 못하고 피부만 만지작거리고 있다. 의식은 관찰자가 되어 서성인다. 잠이 오는가, 오다 마는가.

내가 살아 있어 잠을 자는 것처럼 잠도 살아 있어 나에게로 오는 생명체다. 내 육체를 지배하고 의식도 어디에 밀쳐놓고 제멋대로의 군단을 불러들여 밤새 놀고 있잖은가.

잠은 '오다'와 '오지 않다'나 '쏟아지다'와 '밀려오다', '사라지다'와 '달아나다'로 표현한다. 잠은 나의 러브콜에 의존하지 않는다. 오랜 시간 체득한 생체리듬을 우선으로 고집하고 때론 내 느낌보다 앞서 달려가 내 몸을 관리한다. 제 습성대로 있다가 침략자처럼 못되게, 때론 간호사처럼 위무하듯 다가온다.

나는 잠과의 타협이나 싸움에서 약자였다. 오지 않는 잠에 지치고 처들어오는 것을 막지 못하고 거의 다가왔다가도 변심하고 달아나면 우두망찰 당하는 편이다. 결국 나와의 싸움에 휘말린다. 해자垓字에서 허우적거리며 주마등같이 흐르는 일상을 되새긴다. 낮에 주고받은 말이나 하지 못한 일에 대한 아쉬움이나 과잉 반응한 부끄러운 일이 둥둥 흐르고 있는 것을 본다. 이 과잉의 생각은 과식이나 약물 과다복용 같다. 이 시간은 잠으로 비우려고 계획했던 빈 공간이었는데 되레 잡념으로 꽉 찬다. 니체 식으로 말하면 자신을 극복하고 화해하며 진리탐구를 잘하고 쾌활하게 활동해야 잠이 잘 온다는데, 나는 아직도 오늘과 내일의 욕망으로 나 자신과 화해하지 못하고 있나보다.

잠, 요즘 나에게 야박하게 굴고 있지만 그래도 얼마나 기막힌 장치인가. 아플 때 쉬게 하고 심란할 때 리셋을 시켜주고 괴로울 때 예민하게 파고들어가던 동굴에 셔터를 내려준다. 매일 자도 지겹지도 않고 모자라고 아쉬운 존재였는데 이제는 쉽게 다가와주지 않아 얄미운 손님이 돼버렸다.

체득한 생체리듬이 지쳐가나보다. 렘rapid-eye-movement수면의 행복이 그리워진다. 인생의 3분의 1인 20년 이상을 잤고 나도 내 삶과의 열애가 식어간다고 슬쩍 고백했으니 잠이 도도해졌나보다.

'나는 잔다'를 속삭여보고 복식호흡을 하고 샤워를 해보고 뜨거운 물을 마셔보고 내 안의 것을 달래본다. 그래봤자 나는 환자다. 호르몬의 지휘자라고 하는 멜라토닌이 생성이 안 돼서 그렇다는 이론에 풀 죽어 있다. 따로 모셔올 호르몬의 지휘자도, 망가진 단원을 뽑아 없앨 수도 없다. 자는 일에 신경쓰지 말고 낮 동안 살 일에 신경쓰라는 말을 명심해도 소용없다. 현상대로 용인하는 일만 남았다.

다시 앞동의 불빛을 바라본다. 켜진 불빛은 멀리서 이렇게 멋져보여도 들여다보면 쉽지 않은 하루의 끝 때문에 불빛 아래서 눈을 뜨고 있겠지. 학생이 공부를 하든, 직장인이 컴퓨터에서 못 떠나든, 퇴근하지 않은 누군가를 기다리는 엄마가 앉아 있든….

책이 있는 곳으로 가본다. 고요하다. 말을 하고 싶었던 책들도 입술을 닫고 책상 위 달력도 조용히 하루를 넘긴 숫자로 앉아 있다. 돋보기안경도 컴퓨터 화면도 하루를 넘고 있다. 거실의 소파도 화장실의 수도꼭지도 하루의 시작을 위해 숨을 죽이고 있다.

TV나 책으로 잠과 밀당을 해볼까 싶었지만 그만두었다. 그래, 안 자도 되는 시간이다. 낡은 생체리듬을 인정하자. 정확한 일도 이제 그만하자. 오늘과 내일을 나누는 일도. 내일을 위해서 자야 한다는 강박도.

잠을 기다리는 것은 내가 내일을 긴장하며 기다려서인지 모른다.

점점 앞동의 불빛이 줄어들었다. 저 사람이 잘 수 있어서 위안이 된다.

다시 눕는다. 이제야 등 밑으로 손을 슬그머니 넣는 것은 잠인가.

목욕탕 자리에서 별자리까지

반짝거리는 것을 보는 것만으로 행복한데 이름을 불러도 보고 찾아볼 수도 있다는 게 신기하다. 별과 별 사이를 연결하는 상상적 감도 별로 없는 내가 이름에서 오는 어감이 마냥 좋은 건 왜일까.

옛날 목동들은 별 사이의 엄청난 시간과 공간 차이를 그저 평면으로 펼쳐놓고 선을 끌어다 서로 만나게 하고 그 위에 몸을 입혀 이름을 붙였다. 언제나 그 자리에 있어 붙여준 별의 이름. 동물 이름과 물건 이름, 신화 속 이름을 별에게 달아주고 '거긴 네 자리다'라며 자리를 인정하고 지켜주었다.

멀리, 거기서, 그대로, 있어준 별들. 목동의 오늘 밤과 내일이 돼주어서인가. 누구라도 안심하고 바라볼 수 있어서일까. 사람의 꿈으로 엮어 만든 자리라 그럴까. '자리'를 붙여주지 않은 작은 별들의 소리 없는 빛남일까.

목욕탕에 다녀온 날, 나는 잠자리에 누워 목욕탕 자리를 생각하다가 드디어는 몽골의 초원에 누워 별을 바라다본 일까지 떠올리고 있었다. 별에게도 있는 자리 때문이었다.

종종 동네 목욕탕에 갈 때가 있다. 스포츠센터에 있는 목욕탕이라 붐비긴 해도 자리가 부족한 건 아니다. 그런데 언제나 자리가 없었다. 사람들은 탕 속이거나 사우나에 들어가 있고, 벤치에 누웠거나 또는 때밀이침대에 누워 있는데 자리는 여전히 수건이나 목욕용품이 놓여 있어 맡아놓은 자리임을 알리고 있었다. 잠시 머물 자리를 맡아놓아 다른 사람도 쓰지 못하게 욕심을 부린 것이다. 나는 이 불합리함이 마땅치 않았는데 어느 날 목욕탕 문에 쪽지가 붙어 있었다. '절대로 자리를 맡아놓지 마십시오. 자리는 공공의 자리입니다. 쓰지 않는 동안은 용품을 위에 얹어 놓으십시오.'

'드디어 변하는구나' 하면서 기대를 품고 유리문을 밀었다.

자리는 없었다. 두리번거리다 나는 용품이 주인 행세하는 곳에 앉았다. 불안한 감은 있었지만 누군가가 나에게 다가오면 문에 붙은 문구에 힘입어 당당하게 말할 참이었는데 "여기 내 자린데요?"라며 더 떳떳하게 말하는 사람에게 맥없이 비켜주고 말았다. '자리의 주인이란 게 뭔지….' 나는 탕 속에 앉아 자리를 뜨려는 사람을 놓치지 않으려고 구차한 시선을 붙잡고 있었다.

며칠 후 다시 목욕탕에 가보니 또 문구가 붙었다.

'자리를 맡아놓지 마십시오. 맡아놓기 위한 개인 소지품은 수거하겠습니다.'

통쾌한 마음으로 문을 밀고 들어가니 드디어 빈자리가 여러 개 있었다. 샤워만 하고 용품을 선반에 올려놓고 탕에 들어가 앉으니 편하고 자유로웠다. 빈자리가 빛나 보이고 앉은 자리도 빛나 보였다.

지상에도 수많은 자리가 있고 주인이 있다. 자리가 있어서 의미가 있고 의미가 있어서 자리는 살아난다. 사람에게 희망의 옷을 입혀 오늘과 내일을 살게 한다. 하지만 사람들은 자리 때문에 본능의 바닥을 훑고 나온 지리멸렬한 것을 내보일 때가 많고, 몸이 뜨기고 쇠잔해질 때까지 오르다 떠나기도 하고, 함께 없어지기도 한다. 의지와 관계없이 떠안은 자리와 떠나지 못한 자리, 자신도 모르게 다급하게 맡아놓은 자리나 잠시 생각이 짧아 붙잡고 있던 자리에서도 끊임없이 얽혀 산다. 입체를 평면으로 연결한 편안한 자리가 아니라 평면마저 입체로 만들고야 마는 복잡한 인간의 자리다.

잠시인 자리. 그 중에서도 더욱 잠시인 버스나 지하철에서의 자리, 강의실 자리, 공원의 벤치나 병원의 자리. 자신도 놀랄 만큼 튕겨나오는 '내 자리' 욕심. 빈자리와 앉은 자리가 다 아름다울 수도 있지만 의미나 행동의 절차 속에 숨은 욕심이 마찰할 때면 치사한 자리가 된다.

비어 있는 목욕탕 자리를 보며 그 자리가 얼마나 반짝거리는가를 보았다. 욕심 없이 비우고 앉으면 목욕탕 자리일지라도, 그곳이 언제나 벗은 사람들의 엉덩이가 수없이 걸쳐진 낮은 자리라 할지라도, 세신의 자리였음의 의미로, 공유의 자리였음의 의미로, 그리고 비어 있음의 의미로 반짝거릴 것이다. 공원의 모든 자리가 비어 있거나 누군가 앉아 있거나 다 그렇듯.

별에게도 붙여준 '자리'. 별빛과 함께 이름마저도 아름다운 것은 누구라도 바라볼 수 있고 불러볼 수 있고 꿈으로 맡아놓을 수 있어서다. 지상에서라면 소름끼칠 전갈의 어감마저도 '전갈자리'가 되어 낭만적 어감을 입었으니 신기할 뿐이다.

잠자리에 든 나는 몽골의 초원에서 본 별을 추억해본다. 별자리와 목욕탕 자리를 평면으로 엮은 나의 단순함이 실없긴 해도 목욕탕 자리 그것도, 욕심 없이 비워두면 지상의 별자리가 될 수 있다는 가물가물한 생각이다.

책을 버리며

돌도 소화시킬 때라고 어른이 내게 말했을 때, 그때 책이 참 예뻤어. 식욕이 좋고 책이 예뻤어도 책을 읽는 일은 좀 귀찮았지. 어려웠고 왜 유명한 책인지 이해를 못했으니까. 언니가 사놓은『데카메론』부터 엄마가 사준『소공녀』까지 오가며 제목만 훑어보았는데 찰랑찰랑 마음에서 소리가 나는 것 같았어. 흐뭇했지. 방바닥에 누워 벽지의 규칙을 찾고 있을 때나 마루에 누워 틈새로 보이는 땅강아지에 빠져 있을 때도 진력이 나면 읽어볼까? 하고 게으름을 즐겼지.

어쩌다 읽은 책으로 낯선 내가 된다는 기적을 설핏 맛보았어. 엄마의 목소리나 햇살 가득한 마당이 아득하게 보였던 신기한 현상 같은. 오르골을 열면 예쁜 소리가 나지만 반복일 뿐인 것에 비하면 책은 불협화음이고 선善 추醜가 범벅이어서 나로부터 나를 유탈시킬 것만 같은 불량성이 다양했어. 단박에 대들지 못하고 소심하게 접근했지. 서서히 다가가는 긴장을 즐겼던 것 같아. 귀찮음을 능숙한 말로 이렇게 포장하다니 거짓 반으로 하는 고백 같아.

책은 부모 같은 존재는 아니었어. 부모에게는 보이고 싶은 게 있지. 더 나아진 성적표라든가 키워주는 것에 대한 보답 같은 것. 책은 노인이거나 아기 같았어. 내가 사랑으로 다가가 사랑의 여러 갈래 중 하나를 당겨볼 수 있는 존재 같았어.

책을 읽으면 책의 안쪽이 내 세상이 되었고 책 밖의 가족이나 집은 나의 멀고 먼 밖이 되었지. 눈이 벌게지고 얼굴이 붓는 느낌이 들면 글 속의 생명체가 내 안에서 무슨 짓을 하는지 세상이 낯설어졌어. 내 안에서 느리게 내가 밖으로 걸어가는 것이 보였다고 할까. 갑자기 심부름을 시키는 엄마의 목소리나 시계바늘이 어처구니없이 다른 곳에 가 있는 것. 발효된 냄새가 훅 들어왔는지 상큼한 향이 스치고 갔는지, 설핏 인생의 회오리바람을 느꼈는지, 불씨 하나가 발화물질을 찾지 못하고 피식 꺼져버렸는지. 나는 멍했어.

그런 야릇한 기분에 취해 잠시 으쓱하기도 했고 몇 년을 더 살아낸 사람처럼 의젓한 척도 해보고 나보다 철없어 보이는 사람을 슬그머니 비웃기도 했지. 그렇게 책을 등치다가 얼굴을 묻기도 했던 거야.

책을 본격적으로 쌓아놓는 시절이 시작됐어. 수필을 쓰면서 헐겁고 얄팍한 내 안의 결핍을 알게 되었어. 메워줄 책들을 모았고 책 제목이 걸어오는 말을 받아치며 충만한 마음으로 놀곤 했지. 책을 읽으면 기억 깊은 곳에서 대꾸할 말들이 일어섰고 그때 솟아오르는 내 말들을 받아 적으면 흐뭇했지. 더 흔하게는 '이 글을 쓴 작가는 대단하다'라며 별 생각이 없는 나에게 절망했어.

그러다 책을 냈지. 유치한 장신구처럼 보일 수 있어 조심스러웠지만 내 맘이 유치한 날은 그런대로 만족했거든. 내 글이 발표된 잡지도 모으고 필요한 책들은 가슴 충만하게 사들이고 친절하게 보내준 수필집을 다 모으니 방안이 터질 것 같았어. 책등을 바라보려면 누워야 할 정도로 방바닥에도 쌓여갔던 거야.

버릴 수 있다고 결심한 계기가 있었지. 예전에 가족들과 캠핑을 했는데 강 밤바람이 추워서 장작에 불을 붙이고 춤추는 불꽃을 한없이 바라보고 있었어. 불꽃이 사위어갈 때 나는 누군가에게 자랑삼아 주려고 차 트렁크에 넣고 다니던 내 수필집이 생각났지.

'태울 수 있겠어?'라는 가족의 눈길을 느끼며 한 장 한 장 찢었어. 아린 뭔가가 손끝에 느껴지기는 했어도 '이 세상에 버리면 안 되는 물건이 있을까, 애착과 집착 때문이지'라는 생각이 들더군. 소중하게 생각한다는 것은 참 좋은 삶의 방식이지만 그 중 어떤 것은 너무 과장하여 껴안은 건 아닐까라는. 종이가 활활 타고 가벼운 재가 되었을 때 알았지. 우리는 활자가 흩어지는 불꽃을 응시하며 따뜻했고 재밌었다는 것을.

정리하고 싶어졌어. 너무 많은 책이 반가움을 반감시키는 것 같았지. 책이 있는 방에서 '가장 오래된 건 나'라는 어느 시인의 말처럼 정말 그랬어. 책들은 늙지 않았고 내 기억과 눈, 목과 어깨가 책에 부대끼는 게 느껴져. 내가 유치해지는 일도 흥이 안 나니 더 이상 장신구가 안 어울리는 거지. 곤도 마리에의 말처럼 '설레지 않으면 버려라' 라는 물건정리법에도 맞장구쳤어.

책을 고르기 시작했어. 완장을 찬 독재자처럼 월간지 계간지 격월간지, 돈 안 내고 본 수필집, 생각보다 흥미롭지 않아 돈이 아까웠던 책, 아직도 소화가 안 되는 책, 세계적으로 유명한 책, 아는 사람만 아는 귀한 책. 분류는 쉬웠지만 골라내는 일은 냉정해야 했어.

바라만보아도 흐뭇한 책은 남겼어. 기억 속에서 기쁜 책, 다시 한 번 읽고 싶은 책, 체온이 느껴지는 잘 아는 분의 책. 줄 쳐놓은 부분이 새롭고 또 좋은 책.

잘 가라 나머지 책들아. 한때 정 붙고 취향에 맞아 어울렸으나 세월이 밀어내고 나니 책도 나그네 같다는 생각이 들었어, 골라내면서 이별을 했어.

그대, 작가들도 이것으로 한때 힘들었고 즐거웠을 테니 후회는 없으리라. 후련해지리라. 활활 타서 재가 되든 재활용으로 무언가가 되든 한때의 활자로 족하지 않겠나.

끙끙 무거운 짐을 밖에 내려놓고 돌아서는데 마음이 아프더군. 그래, 사랑했었구나.

당신의 글씨체가 궁금하다

기어다니지 않아서 다행이다. 인간은 어쩌면 기어다녔다 하더라도 손가락 지문의 중요성을 알아차려 '신발'처럼 '신손'을 만들었을지 모른다. 지문이 '홍채'에 밀리고 있는 추세이긴 하나 비행기를 타기 위해 다시 땅을 밟기 위해서도 확인서 역할을 한다. 무심하게 손가락을 대접한다 해도 지문 덕에 '특허' 하나 얻은 셈이다. 동사무소에도 잘 보관해두었듯 지문은 보호받아 마땅한 것이 되었다.

지문뿐인가. 손가락 안에서 내보내는 게 또 있다. 다섯 손가락 관절이 모여 연필이나 펜을 쥐고 밀어나가면 유일한 '글씨체'가 되어 증명서 역할을 한다. 자신의 필체에 개성적 감각을 보태 만든 사인sign도 그렇고 저절로 뚫고 나온 글씨체도 그렇다.

요즘은 폰트를 연구하는 타이포그래피가 있어 사람들은 자신이 좋아하는 폰트를 찾아 쓰면 그만, 굳이 종이에 글씨체를 보이며 쓸 일이 없다보니 개인의 필체를 엿볼 기회가 드물다. 그나마 나는 작가

들이 보내준 책 속지에서 사인이나 글씨체를 볼 수 있어 기분이 좋다. 이상하게도 그 많은 내면의 말을 읽기 전, 눈에 먼저 들어온 몇 자의 글씨에서 더 반가움을 느낀다.

어쩌다 지인의 글씨체를 보면 놀란다.

"어머, 글씨체가 이랬구나~"

감탄 속에는 '난 너를 좀 더 알 것 같아'라는 미소를 동반한 흥분이 있다. 글씨체는 그 사람의 고유한 생김새와 달리, 심장에 발맞춰 깊숙한 어딘가에서 꾹꾹 그리고 묵직하게 밀고 나오는 진액 같다. 자신을 드러내기 위한 모든 치장이 화장품 냄새같이 온다면 이 진액은 육과 혼에서 나온 땀내 같아 전율이 느껴진다.

개인의 글씨체는 야릇한 내밀성이 있다. 글씨체를 보는 순간, 의외라고 놀랐다면 그 사람의 다른 속성을 엿본 것 같아 흥미롭고 '음~ 역시'라고 했다면 알고 있던 그대로를 재확인한 듯하여 친밀한 느낌이다.

가족의 글씨체를 보며 웃음이 나오는 건 어쩔 수 없다. 너무 잘 알고 있는 성격과 요즘말로 '깔맞춤'이라 그렇다. 딸의 작고 꼼꼼한 글씨는 매사 걱정과 완벽을 함께 껴안고 가는 성격과 영락없고 가늘고 긴 몸피로 다닥다닥 붙은 남편 글씨는 예민하고 소심하고 철저한 성격과 같아서다. 나는 또 어떤가. 털털하고 다소 자유롭고 급한 성격이라 동글동글한 모습으로 굴러다니고 날아다닌다.

초등학교서 처음 한글을 배울 때 운동장에서 자음과 모음을 돌멩이로 나열했다. 베이비붐시대에 태어나 돌처럼 흔한 존재 중 하나일 뿐이어서 혼나지 않는 방법만 알면 지낼 수 있었다. 그 중 하나가 깍두기처럼 생긴 네모 칸 속에 교과서의 글씨체와 똑같이 써넣으면 되는 일이었다. 지금 생각하면 한글의 궁체나 한자의 해서에 해당하는 글씨체였다. 자음이든 모음이든 처음 착지着紙할 때 왜 꺾어내리는지 꺾어둥글리는지 꺾어삐치는지, 알 수는 없었지만 예술이었다.

공감각이 생기면서 줄도 대충 맞고 간격도 맞으며 정갈해졌다. 글씨체에 대한 평가는 잘 썼다, 못 썼다, 깔끔하다, 지저분하다, 시원하다 개성이 있다 등이었다. 모든 아이들의 글씨체가 달라지고 만 상태에서 우리는 서로 많이 다름을 눈치챘다. '지구상의 모든 사람의 글씨체는 다르다'라는 정의는 맞고, 맞다.

초중학교 때 친구의 글씨체가 부러워 따라쓰기를 몇 번, 그러나 그 글씨체는 그 애의 것이어서 아무래도 떳떳하지 않았다. 다시 나로 돌아왔다.

누구라도 세종대왕이 선보인 글씨체에서 멀리 나와 있다. 수십 년 동안 육화된 글씨체는 어떠한 사회적 기류를 타지만 기어이 튀어나와 유일한 글씨체가 된다. 개별성이 손가락 끝에서 촉을 밀고 나올 때, 획의 크기와 굵기와 간격, 삐침과 흐름은 성격의 대변인이 되어 얼굴을 내민다.

대용체인 폰트를 고르는 것은 상황에 맞는 체를 좋아한다는 것일 뿐, 그 글씨체를 따라쓰지는 않는다. 각자의 몸통을 뚫고 나온 글씨체만이 그 사람 내면의 한쪽임에 틀림없다.

상황에 맞는 페르소나가 있듯 개인의 글씨체도 여러 개일 수 있다. 몸속에서 살아 있다가 상황에 맞게 반응하는 하나의 표정일 것이다. 글이 '영혼의 지문'이라면 글씨체는 '성격의 지문'으로 말하면 맞을까.

그래서 내가 알고 있는 사람의, 내가 알지 못했던 글씨체가 궁금하다.

슬그머니 노트에 글씨를 써본다. 여러 개 중 가장 나다운 건 무얼까, 그건 모르겠다.

돌아눕는 밤

온몸이 축축하다. 땀으로 힘이 빠지면 물로 생기를 주는 날이다.

밤 불빛마저 덥고 지나가는 행인의 슬리퍼 소리도 덥다. 나뭇가지를 감춘 무성한 이파리도 덥고 신호등 세 개가 초를 세며 깜빡이는 질서마저 덥게 느껴지는 날이다. 구릿한 땀내와 허겁지겁 뿜은 숨이 싫지만 그것이 체온을 조절하여 나를 호위하는 공신이라고 위안하며 횡단보도를 건넜다.

가까운 곳에서 '쿵' 소리가 났다. 소리는 커서 아찔했고 '순간'이라는 단어가 지나갔다. 사람이나 다치지 않았어야 하는데….

방금 전 브레이크를 걸어놓지 않고 마을버스 기사가 떠났나보다. 등 뒤에서 마을버스가 스르르 흘러가 트럭 뒤를 친 것이다. 트럭은 급기야 트럭 앞에 세워둔 외제 승용차마저 '쿵' 치었고 트럭과 마을버스 사이가 다시 몇 미터 벌어졌다.

"어어어!" 하는 사이 버스 쪽으로 작은 체구의 남자가 뛰어왔다. 버스 기사가 틀림없다. 버스를 두 팔로 막으며 다리를 벌리고 버텨보려는 모습은 급박해서 튕겨나온 몸말이었다. 한 남자의 팔과 다리로, 몸통으로 막으면 버스가 정지하겠는가. 나라도 그랬을지도 모를 일이다.

예전에 나도 서 있는 두 딸 뒤로 스르르 밀려가는 승용차를 발견하고 나도 모르게 딸 쪽으로 뛰어들어 다가오는 차를 대적한 적이 있잖은가. 허벅다리 여섯 개가 끼일 만큼의 간격을 두고 차가 멈췄을 때, 내 온몸은 주르르 흘러내린 옷처럼 늘어져 있었다. 언제 그런 힘이 들어갔을까. 들어간 힘이 빠지면서 뼈까지 빠지는 느낌이었다.

아찔한 순간이 몇 초 진행되다 마을버스도 서고 앞쪽 승용차가 방향을 틀며 서는 바람에 트럭도 다행히 섰다. 남자는 마을버스 아래에 무릎을 털썩 꿇고 손으로는 얼굴을 감싸고 있었다.

다시 덥다. 저 남자의 등골은 오싹해 보인다. 나는 그 한 덩어리 육신 위에 얹힌 무게가 커보였다. '아, 이런 실수를~!'라고 했을까? 안 들리는 거리였어도 내 가슴에서 외치는 내 소리가 그 남자의 말로 들렸다.

살다보면 누구나 있을 수 있는 일. '실수는 내 인생에서 하나의 카드를 상실하는 일'이라는 말처럼 실수로 큰 사건이 생기면 그것은 얼마 동안 몸과 맘을 상하게 하고 불안의 벌통으로 남아 있기도 한다.

30년 전, 차를 몰다 갑자기 뛰어든 남자와 부딪친 적이 있다. 순간 가장 먼저 든 생각은 '내 인생에 이런 불행이 닥치는구나' 하는 절망

가득한 놀람이었다. 도덕적 미안함이 상대의 공격적인 보상 요구와 원망으로 상쇄되어 갈 때까지 '나에게 왜 이런 일'이라는 의문을 풀어내지 못한 채 차와 사람에 대한 공포로 힘들었다. 그러다 시간에 의존하며 극복되기를 기다리는 두려움이 싫어서 용기를 내었다. 운전대를 다시 잡았다. 차츰 '불행'이라는 회피 단어를 '나에게도 있을 수 있는 일'이라는 일반적 단어로 인정했다.

그 남자는 브레이크를 안 채우고 자리를 떠난 중대한 실수를 했다. 바퀴를 옆으로 틀어놓은 채 주차한 승용차나, 무게가 나가는 트럭의 브레이크, 버스가 선 자리에서 그 남자가 차에 밀리지 않고 살아난 것은 그 남자 밖의 일인 듯했다.

그날 밤, 잠자리에 누우니 남자의 웅크린 모습이 조각처럼 남았다. 가족에게 걱정을 주어서 얼마나 불편할지, 보험으로 해결은 될지, 마음의 고통은 얼마나 오래 갈지….

우리 집은 대학병원 쪽으로 지나가는 길 옆이어서 앰뷸런스 소리나 자동차 추돌 소리나 급브레이크 소리가 종종 들린다. 솟구치는 소리가 열린 창으로 쑤욱 들어오면 누군가에게 불행이면 어쩌나 하며 돌아누울 때가 있다.

삶은 이렇게 어딘가에서 느닷없는 신호를 주는데 내 판단을 믿고 질주하지 말게 해달라고 기도도 한다. 사고는 내 실수가 아니어도 올 수 있다. 살면서 부딪히는 불행한 순간, 그것은 많은 요소들이 결합된 부딪침 아닌가. 나머지 마무리나 결과는 누구의 몫인지 참으로 알 수가 없다.

간절히 부탁만 하고 살아야 하는 건지… . 더운 밤, 잠 못 드는 사람들은 오늘 자신이 벌여놓은 잔재나 내일의 시나리오를 몇 번이고 반죽하느라 애쓸 것이다.

그래, 단순한 삶을 적용하는 수밖에 없다고 생각하면서도 날은 왜 이리 덥고 삶은 왜 종종 오싹한 건지, 투덜대본다.

가쁜 숨이나 땀처럼, 싫지만 우리 삶에도 호위하는 무언가가 있겠지.

또 한번 돌아눕는다.

어떻게 사고 뒤돌아서는지

마이크 소리가 장터를 덩어리째로 띄어놓는 듯해서 붕붕 내 발바닥도 땅에 닿기도 전에 날아갈 것 같았다. 발을 헛디딜까 조심하며 계단을 올랐다. 천막이 수십 개, 기름 냄새와 간장 냄새가 범벅이 되어 머물렀다. 올챙이국수를 파는 천막을 지나자 품바공연을 하는 천막이 나왔다. 시골장터! 시골장터에 대한 피부 속 향수도 없으면서 울컥, 고이려는 눈물이 어이없었다.

우스꽝스런 화장과 깡뚱한 저고리와 치마, 고무신, 그리고 마이크에 소리를 질러대는 경상도사투리가 구수했지만 일단 지나치기로 맘먹었다. 관중이 한 사람뿐이었다. 지금 시작한다는 풍악놀이 공연을 보기로 했다. 지나가는 우리의 모습이 저 품바의 눈을 서운하게 했을까 싶어 '곧 보러올 겁니다'라는 속내를 흘리고 지나갔다. '저 끼 있는 여자 어쩌면 좋아…' 싶기도 하고 '나는 은근히 저런 여자에게 매력을 느끼나봐'라고 혼잣말을 했다.

마을마다 나선 사물놀이패의 꽹과리와 북과 장구가 무아지경이었다. 때려서 소리를 내는 것이 아니라 견딜 수 없는 소리가 나서 또 때리는 것처럼 들렸다. 태평소 속에서 꿈틀 빠져나온 소리와 장구가 여러 개 함께 울릴 때는 마음이 벅찼다. 어릴 적 사물놀이패가 동네를 돌 때면 다만 시끄러웠고 음산하다고 느꼈는데 내 노화된 세포가 그때의 기억을 깨우며 재해석하나보다. 공연이 끝나자 가슴이 먹먹해서 딴청을 피웠다.

발길을 품바공연 쪽으로 돌렸다. 아직도 그 여자가 이 세상에서 가장 솔직한 척을 하고 있었다. "거기 다리 벌린 여자, 하고 싶어 그래? 다리 꼬고 앉은 여자, 엊저녁에 했지? 맞지?" 하는 식으로 관중을 웃기고 있었다. 열 명 정도의 어르신이 있었다. "다 웃자고 하는 말이지, 나는 웃기려고 여기 왔잖아, 나도 대학 나왔어 이래봬도, 어텐션 플리스, 좃도마테, 시모노세키, 사요나라… 맞지? 거지 되는 거 시간문제야, 지금 박수 안 친 사람은 보람상조 리무진 타고 가란 말어… 노래 하나 해주까?" 반말의 거친 말은 당돌했는데도 친숙하게 다가왔다. 나는 품바공연을 접한 게 기뻤고 저 장터공연으로 생계를 이끄는, 그리고 관중 앞에서 저 끼를 풀어야만 살 수 있는 이런 유의 여자를 만난 반가움마저 들었다. 어쩌면 글을 쓰는 나의 유類와 동일시하고 싶은 마음도 있었다.

한바탕 노래를 부르고 난 뒤 치약을 무릎 위에 나눠주었다. 기꺼이 수고에 대한 보답을 하리라는 맘이 순순히 들었다. 이 치약이 어떤 종류든 상관이 없었다. 시원하게 웃겨주는 저 여자로 웃지 않던 아주머니, 할머니, 아저씨들이 웃고 있었다. 대부분이 치약값으로 1만 원을 선뜻 내줬다. 30분쯤 노래와 육담을 익살과 섞어 실컷 풀어낸 뒤 이번엔 몇 사람이 나오더니 앞앞에 통증에 바르는 젤을 나눠주었다. 그래 그래 이런 공연을 보게 해준 덕을 만원으로 못 갚을까 싶어 바르지 않을 젤이라도 사주고 싶었다. 아니 그 순간은 그 약이 정말 좋아보였다. 이참에 남편의 뭉친 등을 문질러주리라 맘도 먹었다.

다시 남자의 공연이 시작되었다. 여장한 남자는 팬티 7겹을 입고 재주를 부렸다. 입담과 몸짓이 민망해지기 시작할 때, '살 만큼 산 여자로 그걸 굳이 트집 잡을 거냐' 싶어 나는 참고 있었다. 주위를 바라보니 신나서 바라보던 한 남자가 슬쩍 빠져나갔다. 이쯤에서 나도 빠져나갈까, 고작 7, 8명이다. 관중도 몇 안 되니 나라도 자리를 지켜줘야 하나. 어쩌면 지금 빠져나가기엔 이전에 너무 호감의 눈빛으로 바라본 게 걸렸다.

심한 몸개그와 격렬한 노래가 이어지자 나는 심드렁해졌다. 파바로티나 조용필 노래도 계속 들으면 어느 지점에서 시끄러워지는데 걸쭉한 육담이야 오죽하겠는가. 게다가 또 엿이 무릎 위에 얹어지다니! 엿이야말로 그들이 파는 전통적 메뉴이긴 한데 이미 너무 팔았다는 생각이 들자 의자가 덫처럼 느껴졌다. 언제 일어설까. 좌불안석이 된 내 맘과 열성적으로 질러대는 공연은 기싸움이라도 하는 듯했다. 둘러보니 할머니 네 분만 남아 웃음도 없이 바라본다. 나는 결

173

심을 하고 일어섰다. 품바의 가슴도 내 가슴도 조금 아프리라는 것을 알면서.

선불을 주고 비싼 공연도 가는데 맘대로 들어갔다 맘대로 빠지는 이 품바공연에 기분이 갈수록 사그라진 건 나대로의 이기심이 작용했으리라.

우리 집 서랍장 구석에 뜯지도 않은 젤을 볼 때마다 묘한 통증이 느껴졌다. 매력적인 그녀의 말투와 동동구루무 북을 발로 차던 힘겨운 모습이 떠올랐다. 그녀는 그 공연이 좋아서, 잘하는 것이라서, 먹고 살기 위해서 그렇게 하고 있는 것이리라.

한참 후, 인터넷 동영상 속에서 그녀를 다시 만나보았다. 반가웠다. 물건이 사람들 무릎 위에 나오는 장면은 없었고 걸쭉한 입담이 여전히 매력적이었다. 공짜로 보고 있으니 편했다.

나는 나대로 그녀는 그녀대로 목적이 달랐음을 확실히 알겠다.

모여 있는 것

원래도 징그러웠지만 모여 있어 극대화되는 것이 있다.

오래 전 일이다. 식탁에 앉았다가 벽 위로 기어가는 개미를 보았다. 자세히 보니 대장정을 이루며 이동하고 있었다. 한두 마리였을 때는 행동을 주시하면서 '버둥거리는 삶'이 기특해 엉뚱한 곳으로 가는 놈을 도와주기까지 했는데 그날은 천장 끝까지 갈색 줄을 이루고 있어 움찔했다.

징그러움에 놀란 나는 야수성이 발동했다. 손끝으로 검은 줄을 문지르니 개미가 주르륵 떨어졌다. 돌돌 말린 시체는 작은 점일 뿐이어서 통쾌하지도 않았고 죄를 진 것만 같았다. 개미가 위생에 안 좋을 거라기보다 모여 있어서 징그러웠다는 게 개미가 죽은 이유였다. 모여 있어서 징그럽지만 않아도, 나는 그냥 심심풀이로 그들을 관찰하며 차를 마셨을 것이다.

기억 속에 극대화된 공포가 몇 개 있다. 중학교 시절, 특별활동 시간에 체험한 공포다. 그해 전염병처럼 창궐한 송충이를 죽여 소나무를 살리자는 일이었다. 손마다 쥐어쥔 솜뭉치에 휘발유를 바르고 나무 곁으로 갔다. 소나무 목피를 송충이로 도배한 것 같았다. 한 마리로도 충분히 징그러운데 수많은 송충이가 몸끼리 붙어 꿈틀거리자 물결이 일렁거렸다.

징그러움은 공포와 비슷한 감정이었다. 여기저기서 터지는 괴성은 두려움을 이겨보려는 안간힘일 뿐 도움은 되지 않았다. 그 힘으로 몇 번 공격을 해봤지만 몸을 말아 떨어지는 모습은 오히려 우리의 두 손발을 다 들고 도망가게 했다. 죽여야 하는 목적도 잊은 채 승리도, 극복도, 봉사도 아닌 징그러움뿐이어서 이런 일을 시키는 학교가 밉기만 했다. 그 지경으로 방치한 당국의 무관심과 그런 봉사를 우리에게 시켰다는 끔찍한 기억만이 오래 남았다.

내가 싫어한다고 꼭 물리치거나 이겨야 할 건 없다. 좋아하거나 싫어하거나 두려움을 느끼는 일은 개인적 성향의 차이가 크다. 그런 면에서 개미를 죽인 것은 두려운 것을 처리했다지만 마음이 유쾌하지 못했다. 소나무와 송충이의 일에서도 우리는 당연히 송충이를 죽여야 했던 것처럼 본능적으로 내 생존에 해롭지 않은 편에 선 것이다. 사람 사이의 의견 차이는 물론 개인 이익과 국익을 두고서야 말하면 뭐하겠는가.

불만이 분노가 된 사람들이 모여 손에 막대기나 화염병을 쥐고 있는 것을 보면 두려웠다. 많은 사람들의 모임, 함성은 마음을 떨리게 했다.

저렇게 모여 있다가 어느 날 끌려간다는 은밀한 집이 우리 집 위쪽에 있었다. 아주 조용하고 평화로운 야산이었다. 벚꽃이 흐드러지고 개나리 목련이 피고 그 사이로 잘 닦여진 길이 나 있었다. 툭하면 친구들과 그 산으로 놀러나갔다. 신성한 수돗물을 관리한다고 해서 관리인들은 우리를 조심시켰고 우리 꼬마들도 신성한 산으로 여기며 얌전히 다녀오곤 했다. 그런데 내가 젊은이가 되었을 때 그곳은 쳐다보기도 두려웠다. 산모퉁이에 자리한 집은, 청년들을 반병신 만들어서 내보내는 집이란 소문이 있었다. 몰려 있다가 붙잡혀 가서 혼자 혼나고, 결국 혼자 집으로 돌아와서는 방안에 틀어박혀 말을 잃고 우울증을 앓는 바보가 된다고 했다.

많으면 왜 두려운 것인가. 운동장에서 전교 학생들이 애국가나 교가를 부르면 애교심인지 애국심인지 그것도 울컥했다. 감동과 그 언저리 울렁거림, 여러 명의 목청으로 나오는 그 울림이 작은 심장의 진동을 벅차게 했다. 어른이 되어서도 노동자들의 울림이 오면 무섭고 가슴이 먹먹했고 모여 있는 많은 사람들에게서 오는 징그러움과 공포 같은 것까지 더해졌다. '전쟁 같은 삶'이란 단어가 슬픔이란 단어로 왔다.

많아서 두려웠던 장 콕도의 영화 〈새〉처럼 공격성이 보여서 그랬을까. 인간이 갖는 직감. 세계 어느 나라 왕조의 마디마디마다 이음새로도 작용했을 것이다.

오랜 시간이 지나 나는 모여 있어도 징그럽지 않은 것을 보았다. 공격의 직감이 안 오는, 소리가 들리는, 봐둬도 되는 그런 모여 있는 것, 그래서 주르륵 밀어버리거나 분노로 공격을 하고 그 움직임에 다시 놀라는 것이 아닌, 편안하게 모여 있는 것을 보았다.

꽃은 모여 있든 흩어 있든 예쁘고, 좋은 사람은 개인으로 만나든 단체로 만나든 좋지 않은가.

요즘 들어 나는 모여 있어서 더 아름다운 것, 좋은 일에 힘을 얻는, 그런 것들을 경험할 차례가 온 것 같다는 생각이 든다. 적어도 사람이 모여 있으면 징그럽지 않기를….

세상이 있는 한 모여서 구호를 외치는 사회는 여전하다. 다만 아픔으로 바라보는 이해의 공간이 넓어지기를 꿈꾼다.

이것도 용기

빨간 불을 기다리면서 잠깐 지루했던 탓인가. 녹색 불이 들어오면 바빠진다. 째깍째깍 내려가는 숫자나 칸 수를 본다. 안정권 안에 있다는 것과 누군가와 부딪치지 않았음에도 안도한다.

규칙으로 정해놓은 횡단보도의 몇 초와 좌회전 우회전 직진의 불빛, 짧은 그 규범에 대한 긴장이 우리를 살리고 도로의 혈관을 트이게 한다고 생각하니 기특하다. 세상은 규범을 따르는 사람이 주를 이루어 가능한 것.

보도블록 위를 걸을 때는 넘어지지 않도록 바닥을 수시로 본다. 갑자기 길 위에 떨어져 있는 햄버거 봉투와 컵이 거슬렸다. 볼썽사납게 나뒹굴고 있다. '대체 어떤 사람이 저런 짓을 하는 거지?' 미운 욕이 목에 걸린다. 그런데도 발걸음은 멈추지 않았고 가던 템포로 가고 있었다. 심지어 상한 맘을 잊으려 했다. '난들 어쩌겠어….' 그런데 대꾸하는 목소리가 들렸다. '그걸 줍지, 보고 인상만 쓰고 지나가다니.'

●

내 마음 안에 있는 다른 목소리였다.

이런 마음은 여러 번의 핀잔이 내 마음에 쌓인 결과다. 작년 여름에 남편과 함께 팔봉산이 보이는 홍천강에서 견지낚시를 했다. 5월 말경의 강은 춥지도 덥지도 않아 날씨만으로도 행복해지기 쉬웠다. 강물에 정강이를 담그고 견지질을 하고 있으면 내 마음도 윤기가 흐르는 자연의 일부가 된 듯했다. 시선을 멀리 두고 견지를 풀고 당기면 낚싯줄은 물과의 마찰로 쫄깃한 리듬을 탔다.

때론 풀숲에 걸쳐진 봉투를 볼 때가 있어 마음이 상한다. '저걸 버린 사람은 참 상식이 없다' 미워하다가 '아직도 멀었나' 하며 한숨을 뱉는다. 포함되지 않을 사람까지 욕할 필요는 없을 것 같아 투덜투덜은 그만두고 몸을 돌렸다. 좋은 쪽만 바라보았다.

'그것도 용기가 필요하다고, 남의 몰지각한 행동을 지적만 잘해, 진짜는 네 선한 용기를 실천하는 거라고.'

마음의 소리가 다시 들렸다.

그 후 문우들과 리조트에 묵으며 산책을 나간 적이 있다. 계곡에 다다라 자리를 잡으니 휴지덩어리가 있었다. 불결해보이는 휴지를 치워야겠다는 생각에 손으로 잡으려 하자 후배가 현명하게도 나뭇가지를 가져와 콕 찍어 들었다. 가이드의 깃발처럼 그 나뭇가지는 돌아오는 길에 동행했다. 리조트의 휴지통에 개운하게 버리고 나니 꽤 흐뭇했다.

지하철에서도 도움을 청하는 사람을 만나면 도와주고 싶다가도 아니다, 거짓일지 몰라, 하는 사이 내 무릎 앞을 지나가면 얼마나 어려운 갈등 하나 끝난 것 같았던가.

EBS 방송프로그램은 좋은 게 많다. 그러나 가끔 채널을 고정하고 있으면 지나가야하는 관문이 있다. 먹지 못해서 영양실조에 걸렸다는 아이가 울고 있고, 부모 없이 생계를 책임져야 하는 아이가 슬픈 눈으로 쳐다보고, 희귀병에 걸린 어린이는 방치되어 있다. 저렇게 먹지도 보호받지도 못한 아이가 세상에 많은데 모르고 있는 것도, 보고만 있는 것도 괴롭다는 생각이 들었다. 자막에 도움의 손길을 달라는 번호가 뜨면 가슴이 쿵쾅거린다. 어쩌지? 전화기를 꾹꾹 누르는 싶은데 이것도 용기가 필요하구나 싶었다.

무엇을 피하고 싶은 심리일까. 슬픈 얼굴로 소개하는 장면을 보면서 언젠가는 번호를 눌러서 도와주리라며 미루기만 한다.

세상에는 자신의 명예를 위해 봉사하는 일도 많다. 자신의 욕망과 교집합이 있어서 할 수 있는, 봉사라는 이름을 쓰고 일하다보면 차츰 그것은 누구를 위해, 누구에게 얽매어, 어떤 것에 얽혀 일하는가를 들여다볼 수 있다. 의무처럼 힘에 부치고 지친다면 봉사라는 명목을 내려놓아야 한다고 들었다. EBS를 보면서 번호를 누르지 못함은 약간의 절약을 할 수 없어서가 아니라 뭔가를 부끄러워해서가 아닐까.

어정거리다가 못한 행동, 생각만 하고 지나친 모른 척이 잔 목소리를 낸다. "용기를 내라고!"

자연과 타인에게 뻔뻔한 사람이 있는가 하면 쓰레기봉투와 집게를

들고 자원봉사하는 선한 사람도 본다. 우리에게 필요한 게 있다면 뻔
뻔함이 아니라 선한 용기다. 그래 부끄러워하지 말자. 용기를 내자.

봉투

비 오는 날은 좋아했지만 출근하는 건 힘들었다. 일어나기도 그랬다. 시외버스를 타는 일은 더 괴로웠다. 인근 도시로 출퇴근하며 교직에 몸담았을 때의 일이다.

어둑한 방과 창밖의 침침함은 제 시간에 못 일어나게 했고 언제나 시계를 의심케 했다. '큰일났다'는 비명과 함께 몸을 3배속으로 감는 영화 화면처럼 움직여야 했다. 처마의 홈통에서 쭈르륵 흐르는 물소리를 듣고 눅눅한 몸을 이겨내며 후다닥 외출 차림을 하고 우산을 챙겨 밖으로 나가는 것까지는 좋았다. 슬쩍 비 탓에 차분해지고 우울해지는 듯한 기분도 즐겼으니까.

출근 버스에 앉으면 큼큼하게 가라앉는 비와 삶의 축축한 냄새가 창을 부염하게 했다. 답답해서 습기를 닦으며 밖을 보았다.

'오늘 어쩌지? 그 봉투 어쩌면 좋아.' 다시 걱정이 밀려왔다. 비는 아직도 오는데.

●

봉투도 봉투지만 그 어머니에게 어떤 방식으로 화답해야 하는 건지 알 수가 없었다. 가슴이 콩콩거렸다. 그렇다고 동료 누구에게도 말하기가 어색하여 일단 오늘 학교에 가면 그 장작더미가 쌓인 학교 건물 끝으로 가볼 참이었다. '이 무슨 비밀이람.'

전날 학교 축제가 있었다. 운동회와 함께 치러진 축제였다. 나는 전날부터 그간 준비한 학생들의 시화첩을 전시해 복도를 화려하게 장식하게 했고 그날은 운동회라 운동장에서 지냈다. 이 도시엔 이맘때 딸기가 많이 났다. 교무실 책상 위에는 여기저기 딸기 선물이 꽤 있었다. 텅 빈 복도는 시화첩들이 지키고 학생들은 운동장에서 각종 반 대항전 체육대회를 하느라 시끌벅적했다. 한 학부모가 내 소매를 잡고 누구 엄마라고 인사를 했다. 반갑게 인사를 하더니 소매를 끌고 건물 벽 쪽으로 갔다. 그쪽 끝에는 증축공사를 하느라 목재가 높고 넓게 쌓여 있었다.

"선생님 이거요, 적지만 넣어두세요."

"네? 이게 뭐예요. 아, 아닙니다."

손사래와 끌어당김이 몇 번 있자 그분도 민망했는지

"그럼, 여기 넣고 갑니다."

목재가 쌓인 더미 사이의 작은 공간에 쑤욱 흰 봉투를 넣고 바삐 가시는 게 아닌가.

나는 어찌할 바를 몰라 그 자리에 서 있었고 보고 있는 학생이 있었는지는 지금도 모르겠다. 난감하기만 했다. 나는 그 학부모의 딸을 기특하게 생각하고 속으로 예뻐하고 있었다. 어려운 환경인 듯 보였다. 담임을 맡고 있는 터라 그 학생이 막내라는 것도 알고 있었다. 그래서인지 그 학부모는 많이 나이 들어 보였다.

운동장에서 온갖 행사가 다 끝나도록 '어떡하면 좋지?'였다.

그리고 그냥 불편한 퇴근을 했고 불편한 잠을 잤다. 내일 그 봉투를 어찌 꺼낼 것이며 그 처리는 어떻게 해야 하며 그 봉투에 들어 있는 무엇은 어찌해야 할까.

나는 수업을 몇 시간 하고 빈 시간에 나가보았다. 민망하고 민망한 그 자리에 섰다. 하얀 봉투가 보였다. 그렇게 비가 왔는데 많이 젖진 않았던 것 같다. 돌려주기에는 그분은 너무 겸손해보여 내가 건방진 선생 같을까 걱정이고 그냥 주머니에 넣기에는 나는 피 끓는 원칙주의자였고 아무 경험도 없는 사회 초년생이었다. 무엇을 어떻게 할 용기와 지혜도 없었다.

주머니에 넣었던 봉투를 교무실에 와서 백에 넣는 내 모습은 이상했을 거다. 떨렸다. 그리고 퇴근했다. 불편한 퇴근을 또 하고 저녁을 먹고 엄마에게 봉투를 드렸다. 엄마는 고마워했고 나는 이로써 모든 고민을 지우려 했다.

그 후 나는 결혼과 동시 최선을 다했던 교직을 떠났다. 내 아이가 초등학교에 갔을 때 주위 엄마들은 봉투를 담임선생님께 거의 드린다는 정보를 털어놓았다. 물론 아닐 수도 있지만 그렇다 해도 모른 체 할 수가 없었다. 내가 사는 동네는 그랬다는 거다. 담임선생님은 그때 봉투를 들고 교무실로 갔을 때의 난처함이나 어색함을 깨끗이 씻어주었다. 담임선생님은 빈 사무실로 학부모를 데려갔다. 상담 후 봉투를 내미는 일과 받는 일은 모두 순조로웠지만 참 씁쓸했던 기억이다.

그런 시절이 있었다. 그 후 다시 이사 온 동네에서는 '촌지 없는 학교'라는 슬로건을 내세웠다. 얼마나 반가운지 나는 그 원칙을 지켰고 학년이 완전히 끝난 후에 작은 감사의 선물을 했다.

비 오는 날 목재 속에 있던 봉투 이야기는 이제 40년이 됐다. 지금이라면 어떻게 처리할 것인가 생각해봐도 난감하긴 마찬가지다. 아마 돌려주거나 공적인 비용으로 썼을지는 모르겠다. 그러나 그 어머니의 마음은 아직 마음에 촉촉이 다가온다.

"돈이 없으니 집에서 대학 가지 말래요. 공부할 의욕이 꺾였어요"라며 상담한 그 학생의 말이 떠오르면서 아직도 나는 그 봉투가 잊히지 않는다.

탁류

군산.

아랫목 군내가 나는 듯, 퀴퀴한 듯, 종내는 구수한 맛이 났다. 논산처럼 같은 ㄴ이 받침으로 쓰였는데 왜 군산은 유별하게도 먼 지명처럼 역사적 도시로 다가오는지, 이방인의 도시처럼 오는지 모르겠다.

수필의 날 행사가 군산서 있다는 말이 반가웠다. 군산이라는 도시를 품고 며칠 기대했다.

학교 때 배운 '항구도시', 그리고 한번도 가본 적 없는 곳, 미지의 땅이었다. 변산반도의 채석강을 돌면서도 '저쪽이 군산이라네' 하면서 지나쳤던 곳이었다.

지도를 보았다. 물의 몸뚱이와 땅의 몸뚱이가 또렷이 보였다. 강물은 대지 어딘가에 꼬리를 박고 몸을 꿈틀거리며 굽어서 힘을 과시하고 고개를 서해로 쳐들고 흘러가는 거대한 물덩어리인 듯했다. 금강과 만경강이 소백산 줄기 어딘가에서 나와 지리산에 엎드린 낮고 깊은 골을 따라 계곡이 되고 서해로 흐르고 있었다. 그 사이로 땅을 지키고 사람을 지키고 살았던 군산이었을 텐데…, 멋스러운 선을 가진 도시였다.

아름다운 도시지만 일제강점기 시절, 민간의 피땀이 빠져나간 지난한 삶의 뿌리가 남아 있어 퀴퀴한 느낌이 있었나 싶었다.

탁류의 도시, 어딘들 풍자로 말하자면 탁류가 아닌 곳이 없겠고 청풍명월의 도시, 하면 어딘들 그렇지 않겠나. 유독 군산이 탁류의 도시처럼 된 연유는 채만식이라는 소설가가 있었기에 그럴 테다. 글발 센 풍자소설 속에 그 암울한 시대가 들어 있어서였으리라.

군산에 들어서자마자 들어선 곳이 채만식문학관, 순간 가슴이 뛰었다. 문학관 입구에서 "채만식이 뭐 썼더라?" 하는 뒷줄의 누군가의 말에 "탁류, 레디메이드 인생!" 하며 튀어나온 내 작은 소리는 나 스스로를 감탄시켰다. 그래, 학교 때 배운 그 소설, 가슴이 뛰는 것은 그렇게도 선망하고 동경하던 그 시절 소설가가 이 지역에서 살았고 이곳을 배경으로 쓴 소설『탁류』가 있다는 것이었다.

천천히 문학관을 돌아보았다. 발표했던 많은 소설과 수필들, 출간된 책과 신문들.

한 소설가가 도시를 세계에 알리기도 하고 한 영화감독이 한 도시의 이미지를 고정시켜놓듯 군산은 채만식의 '탁류'로 왔다. 문학을 껴안은 도시처럼.

군산 예술의 전당에서 수필의 날 행사를 마치고 횡단보도를 지날 때 이미 나는 현실 속 군산에 있었다. 도시가 벌떡 일어나서 네온사인에 춤을 추는 것은 어느 도시와 같았다. 과거와 현재는 공존하고, 미래는 과거와 현재가 분리되는 모순에 희망이 있다는 것임을 알았다. 바삐 건넜다.

다음날 아침 아욱국으로 속을 만진 나는 일제강점기 때 지어진 동국사와 시간의 거리를 걸어보고 근대사박물관을 둘러보았다.

앞서가던 가이드의 설명을 설핏 들었다. 저쪽은 서천이고 이쪽은 군산이라고. 경계의 강은 많은 것을 품고 역사를 쓰고 있나보다. 그리고 저 배들은 운항하는 배가 아니라 띄워놓은 배라고. 맞는 말인지 의아했지만 난 그대로 군산이라는 항구가 멋있었다. 과거를 품은 비밀의 여인처럼.

만경평야가 있지만 농촌이라기보다는 항구이고, 항구도시지만 이별의 슬픔과 낭만을 화려하게 하는 선착장은 아니었다. 일본으로 쌀을 가져가는 약탈과 뺏김의 항구였다. 풍족해보이지만 한없이 가난하고, 활기 있어 보이지만 어딘지 우울한 분위기, 나는 그때를 디디며 천천히 걸어나왔다.

그런가보다. 일본인이 그렇게 많이 살았다는 이 도시에서 나는 진갈색의 음울한 목제 사찰의 분위기를 느꼈다. 적산가옥이 보존된 시간의 거리를 걸었다. 역사가 앉아 있는 이 거리 위에 화려한 여자들의 웃음을 얹으니 색깔은 차분하게 조화되었다.

현물 없이 거래를 하던 '미두장'이나 사기성 짙고 천박한 '미두장이'

는 없고 불행한 여인 '초봉'은 소설 속에서나 남아 있지만 시간여행 거리에서 잠시 묻어났다.

이 거리를 활보하는 사람은 이제 현재를 살고 있는 군산의 사람들이나 관광객이다. 과거는 화려하고도 구차한 것, 현재는 걷는 사람의 몫이었다. 군산은 그렇게 아름답게 강물을 끼고 바다로 가는 미래의 도시였다.

나는 돌아오는 버스에서 군산의 앙금빵을 베어물었다. 더 머물며 군산을 알지 못한 것에 대한 아쉬움을 달달한 빵으로 잊고 있었다.

제5장

시원하거나 쓸쓸하거나

✽ 노를 저어 건너갔던 강은 그대로인데 버스는 다리 위로 건너갔다. 강물이 반짝였다. 세상을 떠난 아버지의 시선으로 보니 강물은 더 빛나보였다. 아름다움은 산 자의 독점권이라 나눌 수가 없는데 오늘은 함께 느낄 것만 같았다.

—「말하고 싶은 것과 말하고 싶지 않은 것은 어디로」

나쁜 영화

혼자, 책이나, 실컷.

읽으며, 빈둥빈둥, 산 속에서.

있었으면. 좋겠다는 소망을 한 자도 빠뜨리지 않고 실천하러 산 속에 들어왔다. 숲의 밤은 당신이 원한다면 고요와 적막은 물론 을씨년스러움과 공포도 느껴보라는 듯 적극 내밀었다. 독채로 띄엄띄엄 자리한 휴양림 펜션, 예상은 했지만 믿는 바는 있었다. '옆방이 다 예약되어 사람들이 찼으니 뭐가 무서우랴'였다.

부모와 아이들이 노는 풍경은 믿음을 듬뿍 준다. 옆집 건넛집의 아이들이 노는 것을 보니 반가웠다. 그 집은 물놀이가 끝나는 저녁 무렵 아이들의 옷을 빨랫줄에 널고 모두 집 안으로 들어갔다. 아이들의 빨래는 언제 봐도 행복해보였다. 저녁을 먹겠지. 한참 후 불이 꺼지니 내 숙소 앞까지 깜깜해졌다. 가로등마저 꺼져 있고 칠흑뿐이다.

눈을 감지 않기 위해 TV를 켰다. 자르륵 자르륵 차바퀴가 자갈길을 누르며 헤드라이트가 환하게 내 숙소 앞으로 밀려오고, 곧이어 사람 소리가 나길 학수고대했다. 시간은 흘렀고 아무 일 없었고 어둠만 너무 깊이 들어왔다.

환히 밝혀진 내 집만 이 숲 속에서 노출되었다고 생각하자 무서워지기 시작했다. '누군가 숲 속 이 집에 나 혼자 있는 것을 본다면'이라는 상상을 차단하기 위해 커튼을 쳤다. 갑자기 나는 '혼자' '숲 속에서' 즐기러 온 사람이 아니라 내 불온한 상상으로 고통을 당하며 호되게 방어하는 불침번이 돼가고 있었다.

타닥타닥 방충망을 누군가 건드린다. 날벌레였다. 그런데 소리가 왜 그렇게 큰가 싶어 잠시 연 커튼 밖은 암흑. 아, 내 로망 속에 그건 없었던 것 같다. 낮의 고요함, 공기의 청정함, 혼자만의 고독한 방, 반짝이는 나뭇잎의 뒤척임, 잔잔하게 가라앉은 시간의 저속 흐름 정도였다.

지독한 어둠 때문에 괴기한 상상마저 들었는데 한참을 응시하다 검은 형체를 찾아냈다. 내가 가져간 차가 어둠 속에서 희미하게 보였다. 서 있는 차가 위안이 될 줄이야. 옆집에서 사람 소리만 조금만 나도, 차가 한 대만 더 보여도 오싹하진 않을 텐데….

사람이란 사람 관계망 때문에 지치고 귀찮고 신경쓰여 피하고 싶었다 해도 역시 사람 가까이 있고 싶은 모양이다. 사람 가까이에서 고독을 느끼고, 멀리 두고 친숙함을 느끼고 싶은 게 원하던 정서 아니었던가.

바닷가에서 바다를 바라보듯 낮에 숲 전체를 느끼길 원했고 숲 속에 홀로 있는 하루를 그렸다. 그토록 깜깜한 밤과 빈집이 있으리라는 생각을 못한 탓에 상상이 바람을 타기 시작했다. 무엇이 두려운가. 멧돼지가 온다면 벽과 문을 깰 수 있으려나. 아니다. 펜션은 뚝뚝 떨어져 있고 옆집은 끝내 오지 않아서 사람 소리도 빛도 없는 어둠뿐이다. 낮에 만났던 일꾼들이 여자 혼자 온 걸 봤으니…, 아니다 내가 상상한 건 일어나지 않을 것이다. 책을 읽고 글도 한 편 쓰다가 갑자기 혼란스러워졌다.

TV 화면은 내 마음 위에 영상을 쏘아서 환기시키리라 기대했고 소리도 생겼으니 나는 혼자가 아니다는 엄포다. 번쩍거리는 이 빛과 소리는 귀신이라도 쫓아낼 힘을 가졌다고 믿고 싶었다. 그러나 뜬눈으로 밤을 샐 수도 밤새 TV를 켜놓고 있을 수가 없다. 전원을 다 끄고 누웠다.

눈을 번쩍 떠보면 졸린 것 같고 감아보면 딴짓을 하고 있는 게 맞다.

눈은 세상의 창이면서도 거짓 창일 때가 많다. 눈은 깜빡이는 순간에 못 보고 지나친 것도 있고 보고도 안 본 것도 있고 안 보이는 것을 보려고 시간을 보낸 바보 같은 순간도 있다. 눈은 시야를 넓게 하다가도 좁혀 혼란을 준다. 멀고 또렷하게 하고 가깝고 흐리게도 한다. 때론 굴절도 시킨다. '거짓의 눈'을 그린 르네 마그리트의 제목에 공감한다.

눈은 그래서 하루를 위해 다 뜨고 있는 건 무리다. 이상한 건 눈을

195

감으면 또 다른 눈이 활발하게 흉내를 낸다는 것이다. 한술 더 뜬다. 눈을 닫으면 어둠이 오는데 그 어둠은 곧 화면이 된다. 상상이나 기억의 재생은 불꽃처럼 연기처럼 움직이고 사라진다. 사라질 때는 아무것도 아니었다고 고백이라도 하듯 떠난다. 네 영혼의 연약함에 장난 좀 쳐봤어 하는 얄궂은 느낌이다.

투둑 투둑, 자꾸 방충망을 치는 소리가 난다. 곤충들이 오랜만에 만난 밤의 불빛에 목숨을 걸었구나 싶어 미안해졌다. 별도 없고 계곡의 물이 말라 물소리도 없는 밤, 어둠과 침묵 위에 상상만 있는 밤, 날벌레는 목숨을 걸고 투둑 마지막 말을 한다.

어둠이 그렇게 무서운 것이었다면 나는 이제껏 어둠을 보지 못한 것인가. 언제나 환하게 켜진 도시의 가로등이나 상가의 불빛과 앞동과 뒷동의 불 켜진 방들만 봤나보다. 어둠은 언제나 있었는데 오늘 내가 요란하게 불안해진 것이라면 눈으로 본 것과 상상으로 본 것 중 가장 안 좋은 것들로 결합한 영상 때문이었다.

아침이 반갑게 왔다. 환한 햇살이 커튼 사이로 들어왔을 때 알았다. 어젯밤 내가 만든 영상은 거짓으로 가득한 나쁜 영화였다는 것을. 내가 본 영화 중에 가장 나쁜 장면으로 짜깁기한.

소문은 텅 비어 있을 때가 가장 강력하다더니 어둠 속에서 지어낸 내 상상도 실속 없이 텅 빈 어떤 것이었다.

멋없는 구두

구두를 고르는 기준이 고정된 지 40년이 넘는다. 학생화를 벗고 굽 높은 구두를 신은 것은 허리를 세워주고 뱃심을 잡아줘 미적 자존심을 살려준 일이다.

맞춤구두는 번거로웠지만 기다림이라는 설렘을 주었다. 그 후 기성화의 세련미는 설렘에 투자하는 시간을 생략하고 단박에 신을 수 있는 즐거움을 주고 있다.

편리한 세상이긴 한데 구두를 고르는 일은 나에게는 보물찾기와 같다. 구석구석을 열심히 뒤져 찾아내든가 아니면 우연히 지나가다 눈길 한번 돌린 찰나, 만나게 되는 행운에 맡기는 일이다.

백화점보다 할인매장을 잘 이용하는데 대체로 구두매장은 출구 전이나 입구에 있다. 구두매장의 위치는 우리가 현관문 앞에서 '어떤 신발을 신을까'를 위해 서성이던 습성을 이용했나보다. 그래서 흘끗이라도 쳐다보고 간다. 쇼핑을 즐기지 않는 내가 그만큼 구두에는 관심을 둔다는 얘기다. 매장의 문을 밀고 들어설 때 약간의 흥분과 함께 쭈뼛한다. '혹시 하나 건질 수 있을까'다. 쇼핑을 끝내고 나가려는 피곤한 순간에도 흔들린다. '찾아볼까'거나 '헛수고하기 싫으니 그냥 갈까'다.

"패션의 처음은 몸매고 마지막이 구두고 모든 완성은 얼굴"이라는 말을 듣고 피식 웃음이 났던 기억이 있다. 그래서인지 매장의 처음과 끝에서 우리의 감각을 체크하라며 넌지시 압박하는지도 모르겠다.

신발은 대부분 진열대에 한 짝이 나와 있고 한 짝은 숨어 있다. 많은 상품을 진열하기 위함이겠지만 한 짝이라는 미완未完이 풍기는 매력과 의심 때문에 마저 꺼내 신어보고 싶은 욕구가 생긴다.

구두판매대 앞에 서 있는 이유와 집안 신발장 앞에서 서 있는 이유는 사뭇 다르다. 구두매장 앞에서는 이렇다. 1단계, 사이즈를 찾는다. 그러나 작은 사이즈는 많지 않다. 2단계, 디자인이 맘에 들면 꺼내어 굽을 본다. 3단계, 굽이 맘에 들면 편한지 안 편한지 신어본다. 그러나 디자인 다음은 늘 말썽이다. 원하는 굽이 없다. 5센티가 넘는 굽이면서 디자인이 예뻤으면 하는 기준, 그리고 신어서 편해야 하는…. '물 좋고 정자 좋은 곳 없다'는 결론을 인정하고 물 좋은 조건을 뺀다. 굽이 있고 편한 걸 고르다보니 그저 그런 것만 골라 신발장에 늘어놓는다.

신발장에 서면 이렇다. 고르고 골라 사다놓은 구두 중 다시 고르는데 이때의 조건은 더 세밀하다. 그날 많이 걸을 예정인지, 서 있는 시간이 많을지. 아니면 굳이 멋을 내지 않아도 되는 날인지, 다리가 아플지라도 높은 굽의 고충을 이겨내야 하는 날인지 생각한다. 세밀한 고민을 했어도 마지막 순간은 단순하다. 피곤한 건 금물, '그래 이거!' 하고는 습관처럼 어제의 그 구두를 신는다.

구두는 나에게 도구 같은 것이다. 의상이 패션에 속한다면 패션보다는 강력한 도구이다. 눈이 안 좋은 사람이 안경을 써야 세상을 제대로 봤다고 느끼는 것처럼 굽이 있는 구두를 신어야 내 키 같으니 이미 키를 그만큼에 맞추어놓은 것이다. 키를 높이기 위함도 알고 보면 멋내기 위함인데 구두 자체로 멋을 내기에는 제한을 받는다. 작은 키를 의식하지 말거나 높은 굽의 신발이 주는 고통을 감수해야 하는데 두 가지로부터 자유롭지 못하다. 그래서 '디자인과 색상이 예쁘고 굽까지 충족시키는 건 불편하다'로 결론을 내리고 나를 체념시킨다.

14만 원짜리를 7만 원으로 50% 세일한다니 마음이 발동한다. 이 심리를 '닻 내림 효과'라고 한다. 14만 원의 고정된 가격에 기준을 놓고 7만 원을 바라보니 7만 원이 무척 싸보여 흡족하게 구매한다는 것이다. 배는 닻을 내리면 태풍에 떠내려가지 않는 한 얼마만의 반경 안에선 떠나질 못하는 붙박이 아닌가.

기준을 놓고 보는 고정된 인식, 흔치 않은 내 발 사이즈 구두가 팔리지 못하고 할인매장으로 떠밀려온 것을 나는 다행이라 여겨보는 것이다. 이미 구두로 내 키를 5센티 이상을 올려놓고 보니 어쩌다 편한 마음으로 낮은 구두를 신으면 내가 아닌 듯 뒤로 자빠지는 느낌도

들고 눈에서 가까워진 바닥까지의 거리가 답답해진다. 그러니 굽과 사이즈만 맞아도 '잘 샀다'가 된다.

닻은 '사이즈와 굽이 맞는⋯'으로 '멋진 디자인과 고혹적인 색상'을 환치시키는 역할을 한다. 세일 품목이 마침 내가 살 예정이었던 거라면 닻 내림 효과에 걸러드는 일도 행운이지 않은가.

어쩌겠는가. 구두의 선택에서만큼은 겸손의 미덕을 갖춘 셈이다. 겸손을 배우기에는 결여만큼 좋은 게 없다.

구두로 자존심을 조금 추켜놓고 편하게 맘먹는다. 나를 바라보는 방법이다. 오늘도 외출 전 신발장 앞에서 머뭇거려보지만 잠시일 뿐이다. 역시, 같은 구두를 내려놓는다.

패션의 '마지막'을 생각했건만 결국 굽이 있으면서 편한 것, 멋없는 구두를 신는다.

태연한 척 산다

기껏 반 발자국이나 빨리 갔으려나. 키가 닿지도 않는데 고개를 숙이고 재바르다.

누가 이사를 하는지 고가 사다리 밑으로 지나가야 했다. '재수 없으면~'이라는 상상이 나를 재촉한다. 드니 디드로의 소설 「운명론자 자크」처럼 '다 저 하늘의 두루마리에 씌어 있다'고 맡기고 걱정을 떼어버리려고 한다. 그러나 이런 방식은 그 두루마리에 내가 지정되지 않았다고 보는 방법이다. '그것이 나라면'이라는 불안이 스칠 때가 많다.

상상의 사고는 막무가내로 나를 위협한다. 동굴열차를 타본 적이 있다. 내 앉은키면 충분한데 고개가 저절로 숙여졌다. 머리를 훑고 지나갈 끔찍한 상상을 해보고 대비하는 셈이다. 정신의 깨어 있음이라고 하기엔 지나치게 불안 쪽만 깨어 있는 거다.

소심함이 불러들이는 이런 불안은 건강한 잠이나 건전한 즐거움을 방해하는 장해물이 된다. 사람들은 그것을 '쓸데없는 걱정'이라 부르고 전문가는 걱정의 98%가 쓸데없는 것이라고 가르친다. 맞는 말이지만 무슨 일을 시작할 때면 쓸데없는 걱정이 먼저고 불안한 맘을 내려놓는 일은 애쓰며 잊으려는 후속물이다.

죽음은 산자의 것도 아니고 죽은 자의 것도 아닌, 누구에 속한 것도 아니라고 누군가 그랬지만 아무래도 죽음은 산 자의 것인 것 같다. 아직 일어나지 않은 일에 대한 상상은 죽음에 대한 두려움과 함께 해결할 일과 고통을 어설프게 가불해서 느껴보는 일이다. 살아 있을 때는 죽음을 끊임없이 생각하고 죽을 때가 되면 삶을 생각하느라 내려놓지 못하는, 그 뻔한 과정에서 벗어날 수 없다는 사실이 우습다.

두려움은 두려워하는 사람의 것이 되고 시간과 설렘을 갉아먹는 해충이 된다. '두려워하는 사람에게 두려운 일이 일어나는 법'이란 말이 무섭긴 해서 얼른 뒷짐을 지듯 두려움을 뒤로 갖다놓는다.

여행을 떠나기 전 상상하는 게 있다. 비행기가 추락한다면, 여행지에서 안 좋은 일을 당한다면, 아프기라도 한다면, 가족 전체가 갔을 때 무슨 일이 일어나면…. 그러나 이 소심한 불안은 상상력이 키운 거품집. 나의 자존심은 언제나 직면을 택한다. 걱정한 일은 안 일어난다는 것을 확인하고 싶어진다.

더운 여름, 짚라인을 타러갔다. 연령제한은 없었지만 슬쩍 눈치도 봐지고 가슴이 두근두근했다. 소방도로 산길을 울퉁불퉁 휘돌아갈 때 '괜찮아, 10년 전에는 짚라인이 시시하다고까지 했잖아' 최면을 걸었다.

코스는 8개, 산과 산을 연결한 줄에 몸을 엮고 몸의 웅크림이나 줄의 경사로 미끄러져가는 놀이다. 순서가 정해지자 강제성에 순종할 뿐, 차라리 편해졌다. 구조물 바닥에서 발을 떼며 허공에 몸을 날리는 순간, 불안의 고통을 끊었다는 통쾌함과 순식간에 일어나는 경험에 희열을 느꼈다. 내 몸은 점검된 짚라인과 안전요원을 믿고 맡겨진 물건이기도 했고 불안과 희열의 교차지점에 머물 수 있는 살아 있는 감정덩어리였다.

발 아래는 나무가 울창했다. 빈틈을 안 보이는 울울한 위세가 대단했다. 내가 볼 수 없는 것을 훔쳐본 것처럼 괜스레 미안했고 언뜻 숲이 꿈틀대며 으르렁대는 것처럼 보였다. 그것도 잠깐, 스르르 줄에서 미끄러져 도착지점에 착지하는 동시 안전요원이 붙잡아준다. 어리바리, 방향을 잃고 내리지만 자신감을 한 겹 더 입은 차라 다른 코스로의 이동이 씩씩해졌다.

7코스에서다. "때론 공중에 매달리는 일이 있을 수 있습니다. 그럴 땐 걱정마십시오. 유능한 안전요원이 안전하게 데리고 올 겁니다"라는 말에 '겁을 주는군' 하며 속으로 대꾸했던 일이 나에게 벌어졌다. 내가 코스 중간에서 대롱대롱 매달렸다. 더 이상 미끄러져 가지 않음을 안 순간, 뉴스에서 보던 사고가 나에게 일어났구나 싶었다. 침착하기로 했다. 숨을 고르며 기다렸다. 안전요원이 반대방향에서 와서 나를 연결고리로 엮었다. 한 사람의 힘으로 두 몸이 움직였다. 매달려 있는 한은 떨어지진 않는다는 확신으로 진정하려 했지만 안전요원의 거친 숨은 나를 불안하게 했다. 밀고 밀어서 구조물에 몸이 닿아갈 때 떨림이 온몸으로 왔다. 발이 땅에 닿고 줄이 내 몸에서 해체되었을 때 또 알았다. 삶이란 언제나 죽음과 인접해 있다고. 그 경계란 겨우 점선으로 구분해놓은 차선 같다고.

살다보면 아슬아슬한 일을 여러 번 겪는다. 내 의도와 상관없고 실수도 아닌 일. 고통을 겪어야만 지나가는 사건사고도 많다. 물에 빠져 구해진 일, 내가 탄 비행기에 불이 난 일, 뇌동맥이 터져 수술한 일, 남편이 아무 관련도 없는 냉동차로 납치된 일, 갑작스런 여동생의 죽음.

'큰일날 뻔했네'라고 말해지는 가볍고도 중요한 일상들이 있었다.

죽음은 산자의 불안 안에 살고 살아남아 있는 자의 기억 안에 살아 있다. 모호한 기억과 상상이 나를 불안하게 했다면 나는 또 운명론자처럼 중얼거린다. 하늘에 달려 있는데 우리가 뭘 걱정이냐고, 운명이 알아서 하겠지…. '상상은 현실이 된다'는 말, 그것은 실현에의 의지와 노력으로 이루어지는 것, 걱정을 위해 상상을 하고 노력한다는 것이 우리가 할 일이겠는가.

다시 불안을 떼어내고 설렘의 끈을 가볍게 당겨매본다. 마지막 코스로 태연하게 가본다.

누구를 위하여 밥을 하나

일어서려는 잠을 암막 커튼이 눌러주었다. 실컷 잔 나는 행복한데 시계를 보니 뭔가 죄를 진 것 같다. 밥에 대한 의무가 벌떡 허리를 곧추세우게 했다. 직진이다. 부엌으로 가는 습성은 내가 식구를 위해 밥을 차리면서 시작된 30여 년이 넘는 일이다. 깨어 있었는지 등 뒤에서 그가 배려의 말을 했다.

"나 아침밥 안 먹을 테니 밥 안 해도 돼! 더 누워 있지?"

안 먹고 갈 테니 자기를 위해서라면 수고하지 말라는 따뜻한 말인데 '뭘 모르는 말씀'이라는 생각이 드는 건 요즘 들어서다.

27년 동안 나는 나를 위해 차려준 엄마의 밥을 먹다가 결혼하고 35년 이상을 그를 위하거나 자식을 위하여 밥을 해왔다. 때론 의무감이 즐거움을 희석시키고 때론 즐거움이 의무감을 삭히면서 공존한 세월이었다.

출근 준비가 끝난 시점에 맞춘 따끈한 국과 밥, 퇴근에 맞춘한 화려한 저녁밥이 그에 대한 예의 표시였다. 돈벌이의 힘듦을 이겨낸 성취감의 대가가 나에게 없는 시간이듯 다리가 아프도록 서서 준비한 몇 그릇에 담긴 정성은 그에게도 없는 시간이어서 서로에게 맞물린 시간은 오직 차려준 밥과 차린 밥이 마주한 자리였다. 습관이 된 밥상의 존재는 그렇게 익숙해져 '안 먹을 거니까 밥을 안 차려도 된다'는 이 말은 배려 듬뿍 든 말로 했겠지만 요즘 살짝 이상하게 들린 것이다.

요즘은 자식을 모두 출가시키고 남편의 늦은 출근 덕에 여유 있는 밥을 차린다. 밥을 준비하는 나의 등 뒤에서 나를 바라보는 시간이 불편한가보다. 기다렸다 먹는 밥, 이 기다리는 밥의 시간이 아직도 자기만을 위한 거라 착각하는지 '밥을 안 먹을 테니 차리지 말라'니…. 그렇게 안 먹겠다는 그를 위해 밥을 차리고 둘이 먹는 일이 심심해 돋보기 너머의 신문이 한몫한 지도 3년이 넘었다.

'밥 먹을 사람이 이 집에 자기뿐인가?' 싶어 "나 먹으려고" 태연하게 말하곤 했다. 그날도 그런 거였다.

"알았어, 오늘 점심때 애들 온 대서 쌀 담가놓고 준비하려고."

이제 딸과 사위를 위해 장을 보고 몇 시간 동안 부엌에서 움직이는 나를 보며 안쓰러운지 나가서 먹자고 한다. 그가 제시하는 유일한 해결책이지만 매일 사먹는 밥에 지쳐 내 집에 온 애들에게 '집밥'을 해주고 싶고, 어린 손자들 때문에 집에서 밥을 한다.

밥을 한다는 것만큼 구체적 상대가 있는 일이 있을까.

●

밥벌이를 할 때, 때론 구체적 대상이 떠올라 비장해질 때도 있겠지만 대체로 일 자체에 가족을 대입하진 않는다. 밥은 반드시 '누군가를 떠올린 밥상'을 그려보는 밑그림이 있다. 그래서 정성이 들어간다.

나를 위한 밥은 정성보다는 가장 간단한 노동을 선택한다. 싱크대 위에 펼쳐놓은 반찬거리도 회식이 있다는 그의 소식 하나면 냉장고로 자취를 감춘다. 모두가 그만을 위한 것이었나 싶은 야릇한 맘도 있지만 그것도 잠깐, 재료가 사라진 순간 후련한 건 이상한 일이었다. 내가 먹을 게 마땅치 않아도, 빈 식탁이 후련했다. 밥은 누군가를 위한 희망이고 의무인데 그것이 사라진 데 대한 후련함이라니, 반복된 노동 속에 사는, 그 안에 웅크린 무언가가 이런 작은 자유를 소망하고 있었나보다.

남편을 위해, 애들을 위해, 이제는 사위나 딸, 손자를 위해 밥을 준비하는 동안 나라는 존재는 음식 안에 있었고 기다리는 부엌 안에 있었다.

그런데 그 안에 오묘한 선택이 있다. 어쩌면 그것은 남에게 봉사하는 사람들이 '자신이 행복해져서'라고 말하는 것처럼, 대체로 내가 요리하고 싶은 것을 한다는 것이다. 의무로 시작했다 해도 그 안에는 내 안의 애정과 욕구가 그 의무와 노력을 줄곧 뒷받침해줬다. 일단은 상대를 생각해서 재료를 고르지만 그래도 내가 요리하고 싶지 않은 재료는 집지 않는다. 말하자면 누구를 향한 마음과 내가 바라는 욕구가 합집합이 돼야 한다. 그래야 손놀림이 가볍고 에너지가 생긴다.

그렇게 애정과 내 욕구가 늘 협력하여 긴 세월 가족의 혀와 뇌를 학습시켜왔다.

누구를 위해 밥을 했던 시절이 길었지만 또 남은 세월 밥을 하는 아내로 남는다면 그건 내 안의 욕구를 누군가와 공유하고자 하는 사랑이 있어야 쉽게 흘러갈 일이다.

요즘, 자꾸만 내 손으로 하는 밥이 귀찮아지는 건 상상적 식욕이 줄어든 탓이고 그 일이 노동으로 와서 불편한 신호를 주어서일 게다. 그동안 왕성한 식욕이, 내 애정이 바퀴가 되어주었던 것은 참으로 고맙다.

밥이 숭고한 이유는 유일하게 수치[數]가 없는 감각이라 그럴지 모른다. 오직 가족끼리 알고 있는 문화적 단서인 혀, 그 혀를 통해 즐거움과 생존의욕을 불어넣어주는 일이어서가 아니겠는가.

지금도 자기를 위해 밥을 한다고 생각한 그나 그를 위해 밥을 한다고 생각했던 나는 이제 달라질 것이다.

'차리지 마'라고 한 사람과 '나 먹으려고'라고 한 사람 둘이서 밥을 또 먹는다.

말하고 싶은 것과 말하고 싶지 않은 것은 어디로

다 말할 수가 없다. 사실은 할 말이 많아서 그렇다.

아름다워도 '말할 수 없이'라 하고 가슴 아파도 '말할 수 없는'이란 수식을 붙이지만 나는 그런 뉘앙스와는 비껴나 있다. '말을 다 해봐야 뭐가 좋다고…'라는 뜻에 가깝다.

햇살이 기분 좋을 만큼 따스하고, 창밖엔 가을 풍경이 가득하여 장의차 안에서 상복을 입고 있는 나를 잠시 잊고 있었다.

차창 밖 횡단보도 앞에서 어떤 분이 두 손을 배 앞에 모으고 허리를 굽혀 절을 두 번인가를 한다. '아, 우리 차를 보고 그러는구나. 옛날 예의 법도인가보다.' 망자와 천붕지통을 앓는 가족을 향한 절인가보다. 모르는 죽음 앞에 고개를 숙인 그분의 숙연함이 따뜻하게 전해왔다.

버스가 도시를 빠져 시골길을 달리자 노랗게 익은 벼와 인삼밭이 보였다. 자칫 반색을 드러낼 뻔했다. 햇살과 바람을 먹고 사는 많은 동식물에 비하면 볏짚으로 만든 지붕 아래서 햇살과 바람을 피하여 사는 인삼을 키우는 인삼밭이다. 종삼은 농부가 공들인 땅심을 믿고 줄기를 올리고 열매를 맺고 뿌리는 숨어서 5, 6년간 큰다. 그늘막이 걷어지고 긴 세월 마디에 키워낸 15~20센티 정도의 몸이 뽑혀나오면 '인삼이 이래서 인삼이구나' 한다. 경건하고도 쑥스러운 탄생처럼 보이는 건 생김새도 그렇지만 숨어 살아온 세월 때문일 것이다. 습도에 예민해 썩기 쉬운 인삼은 그늘막이 쳐진 땅속에서 오랜 세월 잘 버티어 면역력에 좋은 사포닌 성분을 지닌다.

인삼밭이 쓱쓱 버스 뒤로 달아날 때 나는 이곳을 지나는 이유를 또 잊고 있었다. 그렇지, 나는 친척들이 누워 있는 선산으로 아버지를 모시고 가고 있었다.

금산 사람들은 인삼밭 근처에서 애를 낳고, 인삼을 키워 그 돈으로 자식을 키우고, 도시로 내보내고, 노모를 봉양하고, 제사를 지내며 살았다. 인삼농사를 짓다가 돌아가신 할아버지 할머니 큰할아버지 고모할머니…. 잠시 다른 고장으로 흩어져 살던 친척들도 총총 장의차를 타고서야 인삼밭이 천지인 이곳 선산으로 모여들었다. 아버지도 이곳에서 나고 자랐지만 타지로 나가 외로운 사춘기를 보냈다. 혈육의 땅이었지만 아버지가 기어이 떠나온 땅이었는데, 80년이 지나 돌아가고 있었다.

편안했다. 웬일인지 그렇게도 싫었던 아버지에 대한 기억들이 서서히 말라가고 있었다. 인삼밭이 있는 이곳으로 오자 어릴 적 평온함이 반가워서 그랬는지 할아버지댁이 아직도 남아 있어서 그랬는지 내 맘속의 원망이 빠져나가는 것 같았다.

　노를 저어 건너갔던 강은 그대로인데 버스는 다리 위로 건너갔다. 강물이 반짝였다. 세상을 떠난 아버지의 시선으로 보니 강물은 더 빛나보였다. 아름다움은 산 자의 독점권이라 나눌 수가 없는데 오늘은 함께 느낄 것만 같았다.

　어렸을 적 인삼을 깎은 적이 있다. 동네 아낙들도 수십 명 모여 앉아 앞자락에 삼베 천 조각을 깔았다. 대나무 끝을 뾰족하게 깎은 칼의 옆선이 칼날이다. 인삼의 표피를 벗겨내는 작업은 강약을 잘 조절해야 하는 연애의 법칙과도 같아서 조심스럽고도 흥분되는 일이었다.

　사람처럼 생긴 인삼이 행여 다칠세라 대나무 칼로 살살 벗기면 뽀얗게 속살이 드러났다. 잔뿌리 구석진 곳도 소중히 들춰 문질렀다. 손실이 없게 하는 일이 중요한데 나에겐 잔뿌리를 모아 집 밖에 서 있는 엿장수의 엿과 바꾸는 재미가 더 중요했다. 껍데기의 잔해는 시간이 지날수록 삼베를 축축이 적셨다. 삼베가 인삼껍데기에 물들어 갈색이 되어갈 즈음 다리가 저렸고 바구니엔 벌거벗은 인삼이 수북이 누워 있고 무릎 위엔 부스러기와 부러진 잔뿌리가 널브러졌었다.

　그렇게 큰댁에서 지냈던 시간이 좋았다. 방학을 이용해 놀아서만이 아니라 아버지와 떨어져 있어서 좋았던 거다. 큰아버지와 할아버지는 인자하셨다. 배움의 끈은 아버지보다 짧았지만 깊고 부드러운 음성으로 사랑을 표현하셨다. 어린 마음에, 거칠게 표현해도 분명 사랑일 거라고 많이 믿어봤지만 눈물이 흐르는 건 어쩔 수 없었다. 사랑도 미움도 없는 집에서 살고 싶었다.

아버지도 우리가 대학에 들어갈 즈음 인삼농사를 지었다. 도시에서 공무원 봉급으로는 다섯을 키우기 힘드셨는지 엄마를 앞장세웠다. 두 분이 나란히 일요일 새벽 대문을 나설 때면 좋았다. 아버지가 엄마랑 협심하는 것처럼 보여 좋았고 나는 화가 나서 도서관으로 달아나지 않아도 됐다. 종일 대청마루를 차지하고 마당을 쳐다봐도, 공부를 해도, TV를 봐도, 행복했다. 비가 와도, 햇살이 쏟아져도, 흐려도, 가슴 졸일 일이 없어서 행복했다. 나는 아버지의 봉급과, 인삼을 수확한 돈들이 우리의 대학등록금과 용돈으로 다 들어갔다는 것은 안중에도 없었고 그저 싸움을 견디지 않아도 되는 평온한 일요일 낮이 좋았다.

결혼은 아버지로부터 멀리 달아나는 방법이었다. 아버지의 외모와 성격이 다른 부드러운 남자를 택했다. 사윗감이 맘에 드셨는지 그해 수확한 인삼 중 가장 큰 것을 골라 담근 인삼주를 주셨다. 귀한 거였지만 나는 그 독한 것을 어찌지 못해 구석에 넣어두었다. 이사할 때마다 조심스러웠을 뿐이다. 이제 35년이 넘었는가. 아직도 마셔볼 엄두를 못 내는데 아버지는 가셨다.

아버지의 재를 담은 항아리가 땅에 들어가고 땅을 한 삽씩 뿌리고 밟았다. 아버지가 없는 세상의 구절초는 예쁘게도 피었다. 꺾어 비석 옆에 놓았다.

"아버지, 왜 그리 화를 내며 사셨나요? 이제 화 안 나고 편안하시죠? 이제 화낼 일 없으실 거예요." 나는 말이 편안하게 술술 나왔다. 술잔을 올리고 돌아보니 아래쪽으로 인삼밭이 가득하다.

아버지는 술과 성질로, 자식을 위해 가정을 위해 열심히 산 노고를 허무하게 바꿔치기 해버렸다. 거친 말은 엄마와 우리들 가슴을 찌르고 아프게 해서, 아끼고 숨겨둔 애정 모두를 엎어버리게 했다. 가끔 전화를 거시곤 했다. "잘 지내냐? 술 한 잔 해서 전화했다. 허허."

그 후 술을 끊을 수밖에 없었던 오랜 세월 동안에도 "나이 들면 성질도 죽는다더니 다 그런 것도 아니더라"라며 한숨 소리 내뱉는 엄마의 표정은 자식들 가슴을 참 미어지게 했다. 그러나 아버지가 가신 곳, 그곳은 이제 맘에 안 드는 것이 없는 편한 세상일 것이다.

선산을 내려왔다. 윤기 자르르한 도토리가 눈에 띄고 또 띄었다. 엄마는 줍고 또 주웠고 장의차 기사는 조용히 기다리고 있었다.

엄마는 집에 돌아가면 외로움과 모든 걸 바꿀 것이다.

나는 말하고 싶었던 많은 심정과 말하고 싶지 않았던 많은 기억을 무엇과 바꿀까 하는 생각이 들었다. 이미 많은 것과 바꾼 것 같기도 하다. 이제 아버지가 편해진 것 같아 말할 필요도 없어졌다.

어쩌면 그리움이란 단어가 깊은 아픔을 뚫고 나올지도 모르겠다.

오래된 사마귀

사마귀가 내 삶에 기대어 산 지 30년, 내가 사마귀와 놀고 지낸 지 30년이다.

복숭아뼈 옆에 붙은 너를 조심조심 떼어내는 일을 꾸준히 해왔다. 보기에 미운 점도 있지만 불편하거나 아파서는 아니다. 거기 있기 때문에 손이 갔고 튀어나왔으니까 손끝에 걸려들어서다. 심심할 때 너를 뜯으며 노는 방식이라 준비할 것도 없다.

텔레비전을 보는 시간, 자연스레 너에게로 간 내 손은 차츰차츰 야무진 학대의 수준으로 간다. 없앨 수 있다는 의지와 약간의 참을성이 의기투합하면 통증이 시원함으로 변하고 드디어 짜릿함마저 들어 이 장난을 멈출 수가 없다.

기생이나 하는 못난 너에게 '이래도 되겠지' 싶어 살살 표면을 긁어내다가 더 이상 긁을 게 없으면 콕 집어 잡아당기곤 한다. 질긴 근육질의 뿌리가 따라올라온다. '뽑아버리면 그 구멍으로 피가 솟구치려나?' 싶을 정도로 억세다. 한 뿌리가 다른 뿌리들 사이로 삐죽 올라오면 근육의 축소판을 보는 것 같다. 실제로 어렸을 때 작은 뿌리를 뽑아낸 적도 있었다. 통쾌함이란 말할 수 없지만 뿌리가 빠진 자리에서 피가 솟는 통에 더 이상은 강행하기가 겁났다. 쾌락과 고통은 뒤끝이 있는 법, 갈등을 몰고온다. '참을성을 더 발휘해서 남은 뿌리를 뽑아 버렸어야 하나'라든가 뿌리의 기에 눌릴 거면서 부스러기들과 약간의 피를 휴지로 닦고 있는 이 잠깐의 행위들이 추잡스럽게 느껴진다.

너는 바이러스다. 면역력이 약한 부위에서 모세혈관의 영양을 끌어들여 뿌리를 내렸다지. 뿌리를 내리고 튼튼히 살면서 내 피부는 죽게 만들고 내 손톱을 끌어들여 놀자고 불러내는 악동 같은 존재다.

초등학교 때는 엄지손가락 부분에 있었다. 시간만 있으면 전사처럼 덤벼들어 어찌나 뜯어냈는지. 그 덕분인지 어느 순간 사마귀가 사라졌다. 그리고 20년 후 복숭아뼈 옆 사마귀, 왜 그렇게 조용하고 변함없이 나와 함께하는지 정마저 들었다.

어릴 적 흔하게 듣던 말이 있다. '비를 맞으면 사마귀가 생긴다.' 대체 무슨 말인가. 칠칠치 못하게 비를 피하지 못했거나 청승끼를 부리는 허점 사이로 사마귀가 알을 낳았다고도 들었다. 툭 나온 모습이라니, 그러고 보면 사마귀 머리 같기도 하다. 비를 맞지 말라는 어른들의 엄포로 알아들었지만 사마귀[螳螂]를 잡아 사마귀를 뜯어먹게 하면 없어진다는 또래의 말은 오싹했다.

이젠 주위에 피부질환까지 끌어들여 세를 확장하고 있다. 영토를 넓혀가는 걸 보면 놈도 나를 골탕먹일 작정이다. 뜯기는 살에 대한 앙심일 게다. 뜯기면 뜯길수록 멀쩡하던 옆 피부까지 공격해나가니 나도 곰곰 생각 좀 해봐야겠다.

이제야 낌새를 안 건가, 내가 키우고 있다는 걸. 병원에 가서 떼어내든지 약을 먹고 바르고 하여 너와 헤어질 생각은 않고 갖고 놀며 키우고 있었다. 머릿속에 잡념이 가득할 때나 손가락이 심심할 때 꽤나 유용했으니 말이다. 그러다 인터넷에서 무서운 내용을 봤다. 점이나 혹이 어느 순간 화가 나면 독을 품는다고, 암으로 변한다고. 재미로 한 손놀림이 이쯤에서는 겁을 먹기 시작했다.

미루기만 하던 일을 했다. 수술로 떼어내자는 의사의 말은 뒤로 하고 약을 바르고 양말로 감싸 내 노리개가 되지 않게 숨겨놓았다. 갑자기 소일거리가 없어지자 손이 근질근질했다. 속도 답답해졌다. 네가 나의 친구인 건 확실했다. 네가 있어 속마음을 남에게 굳이 말하지 않고 정리하는 일이 많았나보다. 너의 살이자 나의 살을 눈치볼 것 없이 뜯어내는 자학놀이는 쓸데없는 시간이 아니었다. 면역이 약하면 바이러스가 자리를 잡듯 심리적으로 약한 곳에서 불쑥 튀어나오는 우울감, 갈등, 불안 등이 나에게 있음을 알았다. 아이러니하게도 상처를 가지고 놀다 상처가 치유되는 것처럼 너도 그런 존재였다. 텔레비전을 보면서 맘이 딴 데 가 있으면 더 열심히 뜯었다는 것이 그 증거다.

미움도 키우면 힘이 된다는데 함께 해온 30년, 왜 힘이 되지 않겠

●

어. 외관상 미운 건 감수하고 이제 그냥 놔둘까 했다. '지저분한 짓을 또 한 걸 보니 내가 불안했구나' 하며 나를 바라보는 것도 괜찮겠지. 수준은 다르겠으나 오우아거사吳友我居士 이덕무처럼 '내가 나를 벗 삼았으니 다시 무슨 원망이 있으랴'다.

그런데 이상한 일이 생기고 있다. 요즘 난 아무런 치료도 없이 너랑 놀기만 했는데 서서히 네가 내 손은 놓고 있다. 작아지고 낮아졌다. 주위의 피부병도 가라앉는 걸 보니 떠날 채비를 하는 것 같았다.

억압해왔던 과거와 갈등하는 현재와 망설이기만 하는 나의 미래들이 독기를 놓은 것 같다. 너무 오랜 세월 서로 잘 알아서 무덤덤해졌을지 모른다. 민둥산처럼 변해가는 너의 영역을 바라보며 30년이면 이런 세월이구나 싶다. 나의 방어기제였던 너를 약간의 섭섭함과 편안함으로 떠나보낼 듯한 예감이 든다.

●

그뿐이면 족하지

골목에서 뜀박질을 하거나 놀 때는 민첩했다. 답답한 애들에게 참
견하고 싶은 자신감도 있었다. 초등학교 고학년이 되자 달리기는 중
간으로 밀려나고 운동신경이 있기는커녕 부족하다는 걸 알고 난 후
운동에 대해 쓸쓸한 시선이 생겼다. 결정적인 건 피구避球였다. 해석
하면 '공을 피하다'일까. 공을 요리조리 피해서 살아남으라는 뜻인지
는 모르겠으나 상대의 공을 받기도 하고 그 공으로 상대를 맞추기도
하면서 살아남아야 떳떳하다고 생각했다. 공을 피해 도망다니면서
살아 있기는 싫었다.

공이 오면 정면돌파, 두 팔로 암팡지게 받아보려 했다. 가슴에 깊
게 안긴 공, 가슴에 '픽'하고 들어오는 공을 느끼고 싶었다. 어떻게든
받아서 한 박자 쉬고 몰려 있는 친구들을 향해 던져야 하는데 몸과
맘은 달랐다. 힘센 친구가 던질 기세로 힘을 모으면 '저 애가 날 보고
있으면 어쩌지, 제발' 하며 떨고 있었다. 공을 안고 싶은 마음과 무서

●

위하는 마음을 공이 모를 리 없다. 내게로 온 공은 튕겨나갔고 받았다 해도 당황하여 아무렇게나 던져버리곤 했다. 야무진 애가 그 공을 받으면 영락없이 나는 그 공에 되레 맞았다. 죽었구나, 허무한 순간을 안타까워하고 있을 때 상대편들은 박수를 쳤다. 박수를 받은 후 선 밖에 서 있자면 후회스러웠다.

생각해본다. 아직 애들은 도망다니느라, 던지느라, 받느라 정신이 없다. 빙빙 돌며 피하기만 하는 애들도 재미있어 보이는데 나는 왜 순식간에 죽었는가. 왜 침착하지 않았던가. 왜 도망이라도 다니지 않았을까. 필름을 돌려 나를 질책하는 나쁜 버릇이 나왔다. 그렇다면 용기는 왜 숨어 있어 나를 힘들게 하는가.

그때 나는 운동에 소질이 없다는 것을 인정했고 당당함과 느긋함도 운동신경에 속한다는 것을 알았다.

중학교 교내체육대회 때 반대표 탁구선수가 되었다. 반 대항이라는 건 그저 그런 실력이면 되었다. 나는 지극히 평범한 우리집 마당에 탁구대가 있었다는 정도의 실력이었다. 반 친구들이 지켜보는 시합, '지면 우리 반 애들에게 미안하면 어쩌지.' 나만 아는 세밀한 심리를 남에게 들키는 것마저 부끄러워 꽁꽁 싸매고 있는 내 꼴, 잠이 오지 않았다. 애들이 말하는 것 같았다, '집에 탁구대도 있다면서 별로네….'

고등학교에 들어가서 배운 수영이나 대학교서 배운 테니스. 역시 좋아했지만 잘하지 못했다. 힘을 빼야 할 때마다 힘이 들어갔고 힘을 써야 할 때는 허술한 체력으로 시원찮았다. 결혼 후 다시 시도한 테니스, 라켓이 내 앞니를 건드리고 난 후 임플란트를 하고 명퇴를 했다. 그리고 골프를 시작했다.

이것 또한 인생 최대의 실수일 수 있다. 반복과 반복을 거듭하는 연습의 시간을 내는 일이 쉽지 않았지만 시도를 좋아하는 나로서는 뿌듯했다. 책 읽고 글 쓰고 잡지 편집 일을 하는 틈새로 시간을 쪼개서 바람 쐬는 또 다른 세상이 마냥 즐거웠다. 그런데 서러운 일이 생겼다. 답답해 죽겠다는 코치의 표정이 읽히고 내가 나를 답답해하는 지경에 또 부닥쳤다. 속상함에 하룻밤 뒤척이다 다음날 연습실에 또 가고 또 가고, 열심히 해보았으나 여전했다. 불안심리는 몸을 뚫고 나왔다. 경쟁은 아니지만 비교가 되는 운동이라 사람들의 시선에 반응하는 내가 보였다. 즐거웠지만 스코어가 있는 운동에는 자의든 타의든 비교라는 불편한 잣대가 있게 마련이다.

그리고 보면 살아온 모든 일에 비교를 넘은 경쟁을 했고 경쟁을 당했고 타인의 시선으로부터 자유롭지 못했다. 스스로 그 굴레에서 벗어나지 못했다. 이제는 글이나 작품의 발표 수나 발행한 책의 수나 수상 경력이나 어떤 것에서든 벗어나길 원하는 것처럼 운동에서도 경쟁이나 시선으로부터 벗어나려 한다.

며칠 전 조코비치와 나달의 테니스 경기를 보았다. 실력과 스코어를 보며 얼마나 긴장감을 맛보았던가. 짜릿한 스코어의 맛은 프로에게서 느끼면 족하다.

스코어가 없는 걷기를 했다. 저 사람은 빨리 걷는다, 저 사람은 팔을 흔들지 않고 걷는다, 저 사람은 겅둥겅둥 걷는다, 저 사람은 씩씩하게 걷는다…. 보이는 것을 본 것뿐이다. 걷기는 비교나 경쟁이 아니다. 누군가가 나를 앞질러도 신경쓸 일이 아니다. 그래, 나로서 걷는 거다. 부끄러워할 것도 보이려할 것도 없이 걷는 것처럼 하면 되는 일, 내가 좋아하면 그뿐이다.

조선 후기 시인 장혼張混처럼, 호가 이이而已(~뿐이다)라니 얼마나 호탕한가.

"잡생각이 나면 밖으로 나가 산길을 걸으면 그뿐이고 손님이 오면 술을 내와 시를 읊으면 그뿐이다. ~ 이같이 살다가 마치면 그뿐이다." (장혼「평생의 소망」일부, 박수밀 지음『吾友我』)

평생의 소원이 그뿐이면 족하다는 글을 읽으니 맘이 편해진다. 쓸데없이 잔뜩 지고 있던 짐을 내려놓을 수 있을 것 같다. 그래도 쉬운 일이겠는가. 아마도 나는 비교하지 않기로 했으니 수없이 중얼거려야 할 것이다.

'또 왜 그래, 그뿐이면 족하지.'

흐르는 강물처럼

벨이 울리면 달려간다. 그 사이 이미 문 밖에서 넘어온 음성을 들었다. 밝고 높은 톤으로 부르는 새소리 같은. 열리는 문 안으로 쏙 들어온 순간 나는 애들의 눈빛을 놓치지 않으려 한다.

한 놈이 '할머니~!' 부르면 나는 그 애에게 먼저 반가움의 답을 짧게 준다. 나머지 한 놈은 그 사이 '어어~!' 한다. 두 손자가 동시에 나와 눈을 맞추려 하지만 동시에 눈을 나눌 수 없어 먼저 부른 큰애에게 쏠린 것이다. 작은 애는 '나는~' 하는, 기다리는 눈빛을 보낸다.

눈치를 보는 건 손자뿐 아니라 나도 눈치를 본다. 사랑을 바라는 눈치와 나누어주려는 눈치다. 그 순간이 길어질까봐 얼른 안았던 아이를 내려놓고 또 한 아이를 안아준다. 반가움을 너무 짧게 표현했다는 아쉬움이 있지만 어쩔 수 없다. 기다리는 순간은 일 초가 긴 시간이니까.

순간순간이 사랑싸움이다. 반가움과 애정은 반사적으로 튀어나오

222

지만 곧 받고 싶은 사랑을 기다리는 것은 흘러가는 상황을 알아차린 반응이다. 어린 애들도 아는 이 사랑, 비교와 갈증, 반응은 나의 정신을 번쩍 뜨이게 한다. 따뜻한 눈길이 어떤 건지, 무심한 눈길이 어떤 건지 어린 나이에도 알고 있다.

거실로 온 순간도 한 애가 내 무릎에 앉으면 다른 애는 '할머니 이것 봐요 이리 와보세요'라며 나를 일어서게 한다. 한 녀석은 밥을 잘 먹지만 한 녀석은 안 먹는다. 그러나 함께 앉혀놓고 먹이면 억지로라도 먹는다. 잘 먹는 녀석에 대한 칭찬을 자기에게도 끌어들이려는 노력이다. 사랑을 기다리고 욕심내는 눈빛은 형제나 자매 사이를 오가는 미세한 먼지 같은 것일 수 있지만 때로는 커다란 송곳같이 작용할 수도 있다.

비교대상을 본능적으로 알아버리는 어린 시절에 반복으로 쌓인 정서는 큰 세상을 살아갈 때 감성을 자극하고 기준을 흔들어대는 그 무엇, 몸에 심은 작은 칩 같은 것이겠구나 싶다.

영화 〈흐르는 강물처럼〉을 보았다. 오래 전에 본 영화지만 기억이 살아나는 느낌과 기억을 확인하는 재미가 있었다. 사라지는 기억력이 주는 또 다른 선물인가보다. 게다가 새로운 현실이 끼어들어 감정이입이 되면 새로운 영화가 되기도 한다.

던져지는 낚싯줄의 선율, 반짝이는 햇살, 흐르는 물살, 아름다운 자연 앞에 두 형제가 있다. 형제의 우애는 따스했지만 낚싯줄의 팽팽함에도 경쟁이 있고 낚시 포인트를 찾는 일에서도, 잡은 고기를 비스

223

듬히 놓아 길이를 비교하지 않는 지혜로운 행동에도 숨은 경쟁이 있었다.

경쟁심과 사랑에 대한 예민한 질투는 사소한 일상이 던져준다. 부모의 눈빛 하나에도, 스스로 생각하는 열등감에도 있다. 엄격하게 키운 장남, 자유롭게 키운 차남이라 해야 하나. 엄격하게 자란 장남, 자유롭게 자란 차남이라 해야 하나. 둘 다 맞다. 맘속에서 일어나는 느낌이 흐르는 강물처럼 흐르고 흘러 어느 지점에서는 각각의 물살에 따라 방향을 튼다. 부모에게 자랑스러운 아들이 되려고 노력했던 아들과 그렇지는 못해도 즐거움을 주는 아들. 각각은 자체만으로 충분한데 갖지 못한 것에 대한 열등감으로 자신을 찌르는 송곳을 갖게 된다.

어린 시절 나도 어려운 말은 큰언니를 시킨 적이 있다.

"언니가 말해, 언니가 말하면 아버지가 화를 안 내잖아."

어떻게 알았을까. 내가 알아낸 사실은 별 게 아니었지만 확실하다고 생각했다. 아버지가 큰언니를 무릎에 앉히고 찍은 단단하고 두꺼운 흑백 사진 한 장, 그것이 내내 부러웠다. 둘째언니나 나나 막내딸에게는 그런 사진이 없었다. 딸 넷 때문에 아버지는 화를 잘 냈고 그나마 큰언니만 예뻐한다고 단정했다. 나머지는 그저 '또 기집애'에 속했다. 사진 속 큰언니는 눈이 동그랗게 커서 예쁨을 받을 만했다고 인정했다. 둘째언니와 나는 눈이 작아 똘망똘망해 보이지 않았다. 나도 똘망똘망해지기로 했다. 관심받으려고 하지 않고 묵묵히 내 숙제를 열심히 했다. 엄마는 '지가 알아서 지 할 일 하는 애'라고 계원들에게 자랑을 했다. 그것으로 족했다.

　세월이 흘러 모두 성인이 됐을 때 아버지는 걱정거리를 안 주는 자식을 흡족해했다. 그 노골적인 부성의 잣대로 평가하기 시작했을 때 이미 나는, 부모란 아픈 손가락을 아파해야지 흡족한 손가락을 내미는 건 아니라고 느낄 때였다.

　많은 영화나 드라마가 그랬다. 형제자매들이 느낀 불평등 깊은 곳에서 불씨가 도사리고 있다는 것을. 내가 엄마가 되었을 때 두 자매가 사사건건 비교가 되었다. 한 가지에서 났어도 '이리 다를 수가 있나' 싶었고 그때마다 내 맘에 들고 안 들고의 잣대는 왔다갔다 했지만 비교하는 말을 하지 않으려 노력했다. 그러나 모든 건 내가 인지하고 노력했다는 것이지 받아들이는 쪽이 그렇게 흘러간 게 아니라는 것쯤은 안다.

　비교란 흡족한 쪽보다는 반대쪽의 무게를 키워 불행해지기가 쉬우니 있는 그대로의 성향과 능력과 주관을 인정하기로 했다. 어릴 적 내 감정을 잊지 않으려 했다.

　본 영화를 다시 보는 재미처럼 손주들과 있으면 내가 엄마였을 때와 내 아이들이 자랄 때의 모습이 보인다.

　우월감이나 열등감을 편하게 인정할 수 있는 어느 지점에서 우리는 자신을 사랑하게 된다. 그것을 알게 된 내 나이, 이제는 손녀에게 말한다.

　"한 숟가락만 더 먹고 그만 먹자." 비교의 굴레를 벗어난 큰애가 냉큼 한 숟가락을 받아먹는다.

"할머니, 저 안 미워하죠?"

"그럼 그럼. 착한 우리 손녀."

등을 토닥거리니 이상하게도 오래된 내 등과 내 딸들의 등이 만져
진다.

생존을 위한 나태

멕시코 연안의 푸른 바다를 응시하고 있을 때 차츰 하얀 점이 보이기 시작했다. 파도가 부서지는 한 지점인 줄 알았다. 바다 속에 몸을 숨긴 바위가 파도와 장난을 친 물보라이겠거니 했는데, 아니다.

카메라의 줌에 따라서 그것은 한 점이기도 했고 커다란 바다 양식장이기도 했다. 점이 원으로 퍼지고 원도 사라질 만큼 가까이 바다 속을 보여줬을 때 그곳은 수족관 같았다. 바다 속 참치 가두리 양식장이다. 하얗게 보였던 점은 물고기가 물을 가르고 밀치고 필사적으로 도는 데서 생기는 물보라였다.

카메라를 바짝 들이대자 그 속에는 참치가 벌레 떼처럼 바글바글하다. 빡빡하게 도는 참치는 몇 겹의 원을 만들고 있다. 한 방향으로 도는 일만이 살아남는 길이라는 것을 알고 있는 듯 돌고 또 돌고 있었다. 나는 어지러웠다. 그때 카메라가 바다 위로 올라갔다.

펠리컨과 갈매기들이 어느새 주위의 선상이나 시설물로 우글우글

모였다. 참치에게 던져줄 정어리를 사람들이 차에 싣고 온 것이다. 먹을 것이 풍족해보이는 이곳에서 기회를 노리며 앉아 있는 모습은 코믹했다. 왁자지껄해 보였지만 가만히 보니 먹잇감 포획을 위한 치열한 장면이랄 것도 없이 평온했다.

둔해보이는 물개도 약은 면이 있는지 모여들었다. 가두리망 사이로 참치를 포획해보지만 만만치 않았다. 잠시 후 통통배 한 척은 물개를 쫓아내러 달려오고 뱃전에 서 있는 개 한 마리는 사납게 짖어댔다. 마치 권력의 완장을 두른 나치 같았다. 모여든 물개들은 눈치를 보며 슬그머니 도망을 갔다.

정어리는 물 속 깊숙이 뿌려졌는데, 참치 떼는 넘치는 정어리가 그다지 반가운 게 아닌지 좁은 곳에서 도는 일에만 열중했고 펠리컨은 긴 주둥이와 목젖을 뽐낼 기회도 없이 기다리는 일에만 열중했다. 갈매기도 어쩌다 떠오른 정어리 몇 개가 고작이라 운 좋은 놈이 행운을 채가면 그뿐이었다. 무리는 간절한 먹잇감을 바라보느라 늘어진 오후를 살고 풍부한 눈요기 앞에서 허기진 시간을 보냈다. 그런데도 그곳을 떠나기엔 참치와 정어리가 너무 많아서 욕심을 버릴 수가 없나보다. 넓은 바다가 있다는 것도 자신의 날개가 있다는 것도 잊은 채.

바다 위의 한 점에 불과하면서도 인간의 식욕을 충족시킬 수 있는 거대한 양식장. 넓은 바다를 돌아다니지 않고도 같은 종의 고기를 수시로 어획할 수 있다는 생존의 방식은 묘하게도 이중의 한계를 느끼게 했다.

'이만큼의 바다를 관리한다'는 욕망의 영역표시일 터지만 실은 '이만큼만 관리할 수 있다'라는 한계표시일 수도 있는 '작은 한 점'의 현장을 보면서 톨스토이의 단편이 생각났다. 과연 사람은 얼마만 한 땅과 바다가 필요하고 음식이 필요한 걸까. 그리고 가두리 양식장 위로 몰려든 새와 물개도 또한 먹잇감을 위해 모였지만 나태한 열중이라는 생각이 들었다.

가두리에 가득한 참치나 종종 뿌려지는 정어리가 펠리컨이나 물개에게는 나태만 불러왔다. 눈에 보이는 많은 먹잇감이 희망을 줬고, 습관이 된 기다림은 모르는 사이 나태를 길들였을지 모른다. 근사한 비행으로 먹잇감을 향해 곤두박질치며 포획하는 희열보다 눈앞의 화려한 그 광경을 놓칠 수가 없었나보다. 굳이 그 한정된 곳에만 기댈 필요가 없는데 말이다.

내일이면 또 이 가두리 근처에서 날지도 않고 서성일 것이다. 물개는 능글맞게 모여 미끈거리는 몸뚱이를 망 근처에서 굴리다 개 짖는 소리에 달아나고, 개는 맘껏 우월한 고함을 지르고, 참치는 작은 원을 그리며 돌기만 하고, 양식업자는 정어리 여러 포대를 싣고 또 올 것이다. 참치가 정어리를 먹고 인간이 참치를 먹고 개 또한 인간을 위해 일한 대가로 배불리 먹을 것이다.

카메라가 점점 위로 솟는다. 바글바글한 참치와 빼곡히 앉은 펠리컨과 갈매기가 다시 작은 흰 점으로 줄어들고 있다. 보이지 않을 만큼의 한 점이 된다. 바다는 여전히 광활하다.

●

나는 그 TV 프로의 엔딩 자막이 다 끝나도록 묘한 감정에 젖어 있었다. 어쩌면 나도 내가 사는 이 세상 속에서, 내가 발견한 풍성한 눈 요기와 냄새에 기대어 나태에 빠져 있는 게 아닐까 하는…. 무엇에 기대고 있는지, 문향 가득한 어느 동네 어귀에서 희망만 품고 나태한 낮과 밤을 보내고 있는지, 퇴화하는 날개가 있는지 없는지도 모른 채….

어쩌다 알게 된 나태를 모른 척 즐기고 있는 건 아닌지, 아니면 그것도 내 생존을 위한 것인지도 모른다는 생각을 하였다.

피자 때문에 슬퍼진 저녁

멀미의 기억은 참 싫다. 여름방학이면 시골로 놀러가곤 했는데 가방을 꾸리면서부터 멀미가 났다. 불량한 휘발유 냄새와 질척거리고 울퉁불퉁한 버스 터미널 바닥의 비루함, 거친 버스 차장의 몸짓과 보따리들을 보듬고 기다리는 사람들. 나중엔 상상만으로도 멀미가 났다. 설렘은 순간순간을 달뜨게 하는 작은 기쁨이었다면 멀미는 목적지에까지 밀고들어오는 견디기 힘든 긴 시궁창 같은 것이었다.

버스가 먼지를 날리며 시골길을 갈 때 줄지어 서 있던 전봇대들이 뒤로 하염없이 밀려나가고 축축 늘어진 전깃줄이 출렁출렁 뒤로 당겨져 가버리면 내가 가는 것과 사물이 밀리는 것이 얽혀 어지러웠다. 내가 가야지 왜 전봇대 줄이 뒤로 가는지.

1960년대 그 비루한 기억으로 40년이 넘도록 버스만 타면 힘들었다. 버스의 기억에서 탈출한 요즘, 냄새도 사라지고 덥지도 않고 길은 반듯하고 속도는 일정해 겨우 멀미를 극복하고 있는데 다시 멀미

●

231

를 주는 것이 생겼다. 스마트폰이다. 차 안에서 답해주어야 할 일이 생긴 시시하거나 중요한 대화를 하면 또 멀미 시작이다. 그리고 컴퓨터가 있는 방안에서도 멀미다.

어느 날, 감기 탓에 힘이 없었다. 밥을 하지 않을 이유로는 좋았지만 입맛이 없어서 뭘 먹을까를 궁리하다 생각해낸 것이 피자였다.

근처 피자집에 전화로 시키려면 메뉴를 알아야 하니 모바일 인터넷 버스에 탔다. D피자를 치니 화요일의 40% 세일 피자가 먹음직하게 떴다. 이 찬스를 누려보자고 회원 등록 아이디를 더듬다가 작은 글씨가 멀미가 나서 옮겨 탄 큰 버스, 컴퓨터에 탔다.

아이디는 자동으로 떴으니 비밀번호를 누르란다. '뭐였지?' 아무리 생각해내도 생각날 리 만무다. 언제 등록해놨는지도 모르는 나의 회원등록, 그건 이미 몇 년 전에 죽은 뇌세포가 끌어안고 사라진 지 오래됐다. 이건가, 아니구나. 이건가, 아니구나. 이건가, 또 아니네.

모르겠다. 비밀번호 찾기를 누른다. 뭘 쓰라는 게 그리 많은지 다 쓰고 나서 마지막 다음을 누르면 동의를 다 안 했다고 뭐라 하고 뭔가를 덜 기록했다고 거부하고 그래서 처음부터 또 시작하면 뭔 표시를 안 했다고 나오고…. 미칠 지경이 다가와 그만둘까 할 때 길이 보일 것도 같았다.

다시 부아가 치밀어오르는 것을 추스르고 처음부터 비밀번호를 설정하고 등록하려하니 그것도 안 된단다. 이미 등록돼 있는 회원이라고 뜬다. 이제 머리까지 지끈지끈 진이 다 빠진다. '먹지 말아야겠다'로 결론을 내릴까 하다가 한번만 하는 오기도 작동했다.

난 통장에 쓰는 비밀번호와는 달라야 한다는 보안심리에서 일반 회원 가입용으로 지어놓은 몇 가지 비번이 있는데 요즘은 그것도 안 된다. 영문과 숫자 그리고 특수문자까지 조합해서 써야 하는 비밀번호가 많아졌다. 그러다보니 요즘 등록을 하는 것은 외우기조차 힘들어졌다. 이번에도 그랬다. 참을성의 한계가 왔지만 들인 시간이 아깝기도 하니… '요구하는 대로 해주마' 하고 조합해서 비번을 만들었다. 잠깐 한 줄 내려오는 사이, 순간 나는 무슨 생각을 했는지 머리가 어찌 됐는지 비밀번호를 재확인한다는 난에 방금 쓴 비번이 써지지 않았다. 어머나 세상에 방금 쓴 걸 잊다니… 방금 조합한 비번이 머릿속에서 다른 것과 엉켜버렸다.

미칠 지경이다. 다시 비밀번호 찾기로 시작해서 이 한심한 짓을 세 번이나 반복하다가 더 이상 피자도 밥도 먹고 싶지가 않았다.

찌르르 뼈들이 고통을 알려주는데 나는 어쩔 수 없이 쌀을 씻었다. 뭔가를 먹어줘야 한 움큼의 약을 털어넣을 수 있다는 이유로. 동태를 씻고 냄비를 올리고 찌개를 하며 서 있자니 내 꼴이 한심했다. 어쩌자고 세상은 살기 편해지자고 복잡해지고 어쩌자고 기억력은 이렇게 희미해지는지. 앞으로 어찌 세상의 뒤꽁무니라도 붙들고 따라가며 살 수 있는 건지.

얼마 전 딸이 피자를 시켜 먹으려면 자기에게 말하라고 한 적이 있었다. 통신사에서 주는 할인권이 있어 언제나 싸게 먹을 수 있는 찬스가 있단다. '엄마, 먹고 싶으면 생돈 다 주고 먹지 말고 나에게 연락해' 했다. 과연 내가 피자가 먹고 싶을 때 굳이 딸에게 전화해서 나 피자 먹을 거니 시켜줘 할 인간인가 말이다. '그래도 돼?'라며 반가운 척을 했지만 그렇게까지 내가 피자가 먹고 싶을지도 모르겠고 그렇게까지 해서 먹진 않을 내 성격도 문제였다.

오직 사다놓은 흰 쌀과 동태 조각만이 나에게 쉬운 상대였다.

대충 상을 차리고 앉으니 동태찌개고 밥이고 뭐고 기운이 없다. 어떤 사람에겐 아무것도 아닌 이 단순한 등록이 나에게는 멀미였던 것이다.

머리가 지끈거리고 사지가 아픈 것은 세상을 따라가지 못한 스트레스 때문일 테고, 아니라면 너무 잘 어울리는 척하다가 아웃된 것이리라.

멀미가 나는 세상을 피해가면 되지만 피해갈 수 있는 길이 적어졌다. 어릴 적 차창 밖 출렁거리는 전깃줄처럼 세상이 너울거리며 온다.

바이러스에 갇히다

마음이 TV 화면에 갇혔다. 확진자가 늘수록 시간에 갇혔다.

더 이상 줄일 수 없는 일상의 소소한 발걸음만 남겼더니 벽이 다가오고 있다. 마스크로 내 호흡을 가둬놓고 타인과의 거리도 의심의 눈초리로 가둬두었다. 격리된 사람을 생각할 때마다 격리되지 않은 모든 사람이 염려되어 내 집에 갇혔고 내 동네에 스스로 갇혀줘야 했다. 다른 나라에 의해 내 나라도 갇혀갔다. 가끔 베란다에서 내다본다. 잠자리 같은 비행기가 수시로 하늘을 긋고 가면 아련한 행복으로 가벼웠는데, 뜸해지자 현실의 묵직함에 갇힌 느낌이다. 모든 살아 있는 것은 코로나바이러스 안에 갇혀갔다.

거북한 화려함이 화면 가득하다. TV 속에는 매일 매시간 빨간 왕관을 쓴 놈이 튀어나와 있다. 나노미터로만 존재가 규명되는 극세한 놈이 머리카락을 지리산만 하게 확대한 비율보다도 더 큰 관심을 받았다. 저렇게 분명한 색을 띠고 있는 독은 분명 온순치 않으리라.

●

235

몸속에 침입해 폐를 상하게 하고 또 다른 사람을 고통으로 끌어들인다는 소문은 이미 퍼졌다. 그놈에 대한 소문은 다 아는데 알 수 없는 타인과 알 수 있는 친근한 지인에 대하여는 알 수 없었다. 숨기고 있는 공포를 마스크로 가리고 경계의 눈치와 배려의 친절을 함께 보여주며 일상 사이를 걸어갈 수밖에 없었다. 여전히 봄의 햇살은 딱딱한 땅을 밀고 나올 힘을 풀씨에게 주고 있는데 우리는 마주선 누구라도 마음껏 반가워하기가 힘들었다. 하루하루는 어수선했다.

항거하는 태도를 취해야 하는데 싸울 방도도 모르겠다. 카뮈의 말을 빌리자면 '전쟁처럼' 온 것을 부정할 수도 모른 척할 수도, 숨어 있을 수도 없는 일이다. 맞서야 내가 사는 일이다. 한 사람 한 사람에게 올 수 있는, 구체성을 띤 누구에게라도 공격하는 바이러스였다. 느긋한 방어는 금물이다. 그러나 공격 대상은 찾을 수 없고 조심하고 피해야 할 이유만 생겼다. 그놈이 있음직한 곳을 향한 화난 소독, 그놈이 침입한 사람에 대한 불편한 격리, 사람들끼리의 서먹한 거리두기가 최선의 수비였다.

재앙이란 원래 버릇없는 태도로 왔을 것이다. 페스트든 사스든 메르스든 유령처럼 돌아다니다 눈에 띄지 않게 왔다. 바이러스를 알고 있다는 것은 현상수배자를 알고 있는 것과 달랐다. 알고 있다고 신고할 수 없는, 알고 있으면서도 보이지 않아 침범당하는 처지였다. 처음으로 맞닥뜨린 이 재앙은 흥분을 동반한 공포감이었다가 스트레스와 함께 반죽한 벽돌이 되어 나를 갇히게 했다. 어디선가는 비인간적인 행태로 인상을 찌푸리게 했다.

나의 자세 또한 나쁜 적이 있었다. 지나가는 기차를 바라보듯, 먼 이야기로 치부하며 재난방송을 뉴스쇼로 보아온 적이 있다. 이번엔 달랐다. 나까지를 분명 포함하고 있다는 느낌이 왔다. 조심한다고 꼭 피해가는 것이 아니라는 것과 조심하지 않는다고 그놈이 무조건 낚아채는 것도 아니라는 것. 신의 영역과 인간의 영역을 반쯤 공유한 것이라고 수천 년 전부터 믿어왔던 것을 의심했다. 인간은 신을 맘껏 비난하지 못해 인간을 원인 삼아 심판했던 어리석음이 많았다. 이제 신의 영역을 믿는 자와 과학의 노력을 더 주장하는 자가 부딪치지 않는 곳에서 함께 노력해야 한다는 생각이 들었다.

호모사피엔스가 잊고 싶은 것을 빨리 잊고 새로운 탐색에 빠진 사이, 바이러스는 정체를 숨기고 여전히 쥐(박쥐) 속에서 앙심을 품은 걸까. 테러리스트처럼 까만 망토 안에 숨어살았나보다. 그러다 중간 숙주에 붙어 인간을 덥석 물었을까. 실험실 실수설도 있고 또 다른 설도 있지만 어느 쪽이든 단단히 성형을 하고 코로나19가 되었다. 언제나 잊는 쪽은 인간이다.

바이러스는 음모를 키워왔다. 세상을 흔들어놓을 때마다 인간을 다소 겸손하게 했어도 결국 단절된 시간으로 남았을 뿐이고 슬픔과 체념을 간신히 이겨냈다 해도 성숙까지는 미약했다.

예술에 있어서는 원초적 두려움이 흥미 있다 했던가. 이건 예술이 아니다. 개인은 혹 그놈에게 걸릴까 걱정이고 나로 인해 누군가 피해를 입을까 걱정이고, 집단은 전염의 공동체가 될까 걱정이다. 국가는 걷잡을 수 없는 사태가 될까, 정치가는 이 상황을 못잡아 난국에 침몰할까 걱정이다. 착한 사람들은 도울 일이 뭘까 생각하고 돈을 세는 사람들은 할 일이 묶이고 침체된 경제가 걱정이다. 이 난관은 또 개인에게 통째로 굴러오고 있었다.

코로나에 갇힌 요즘, 분노를 누군가에게 전가하는 미숙함이 스멀거린다. 중세에 휘둘렀던 악덕, 한인이 미국에서 폭행을 당했다는 보도에 분노가 이는 것처럼 우리도 분노를 어딘가로 몰아넣을까 조심스럽다.

두려움에 때문에 성급하게 갇혔던 나를 본다. 갇힌 채 마음을 연다. '인간은 기다리다 지치면 아예 기다리지 않는 법이다'는『페스트』에서의 말도,『눈 먼 자들의 도시』처럼 지친 본능 앞에 벌이는 인간의 부도덕성(인정은 하지만)을 따라가지 않기로 한다. 이기적인 것을 버리고 도피와 초월도 아닌 노력을 따라가기로 한다.

가둬둔 곳 안으로 이것저것을 불러들인다. 사랑, 우정, 배려, 연민, 이해, 공감. 사소하고 따뜻한 기억으로 넓혀본다.

태백으로 가는 기차

떠나고 싶어 나선 발은 가볍다. 어디를 가고 싶은 것보다 기차로 어디로든 가고 싶다. 기차에 앉으니 여행자의 발이 대접을 받는다.

넘쳐나는 마음은 창밖으로 나가고 기차는 속도를 위해 꽉 찬 호흡을 지르는데 그 소리가 경쾌하다.

나는 기차의 옆 풍경들을 바라보다 일어나 뒤뚱뒤뚱 맨 끝 칸으로 간다. 기차의 방향을 거슬러 걸어가는 일을 즐겨본다. 한 칸의 문을 열고 다른 칸의 문을 여는 그 잠시, 연결고리의 덜컹거림과 흔들림이 찌릿하다. 크고 작은 일상들이 단락을 지을 때 마음을 잡아주는 고리가 그랬던 것처럼 아슬아슬 찌릿하다.

꽁무니 칸 유리창에 서니 변하지 않는 작은 내 공간과 끊임없이 변하는 밖의 공간이 생긴다. 유리창엔 오래된 먼지가 엉겨붙어 눈에 거슬리지만 시간이 지나자 그 너머만 보인다.

의자에 앉아 평행으로 바라봤던 들과 산의 옆구리, 나무들이 전부

앞으로 다가오고 동시에 기차의 뒤에 머물다 달아난다. 기차는 계곡을 잠깐 껴안고 놓아주고 들판을 넓게 던져놓는다. 모아두고 펼치는 선물 중심에 철길이 있고 햇살은 정성들인 조명 역할을 한다.

긴 물고기의 뼈처럼 나란한 침목도 두 갈래 철길도 햇살을 받아 반짝거린다. 길게 늘어나다가도 한순간 허리를 틀면 사라지는 것들, 기차와 철로가 지퍼처럼 맞물려 훑고 지나가며 많은 풍경을 쏟아내지만 모든 건 촌음寸陰일 뿐이라며 거두어간다.

마을을 살짝 소개라도 시키려는지 역사驛舍에서 숨을 고르면 한두 명이 내리고 한두 명이 탄다. 고향일까, 여행길일까, 일 때문일까. 여자의 뒷머리가 찰랑거린다. 영화의 한 장면처럼 사연 하나쯤 있어 보였다가 사라진다. 기차는 마을을 금세 잊은 듯 힘을 내어 다시 달린다.

터널은 매번 올 거라는 예보도 없이 온다.

입구란 밖에서 안으로 들어가는 문인데 기차의 꽁무니에서 경치를 뒤로 보고 있자니 나는 터널 안 어둠에서야 빛을 머금은 입구가 보인다. 반달 같은 구멍이 작게 보이다가 한 점으로 없어진다. 그러다 잠시 기차는 또 한 개의 반달을 내어놓는다. 어둠의 구멍이, 햇볕 속에서 까만 점으로 멀어지고 있다. 출구를 또 밖에 나와서 바라본 셈이다.

'긴 터널을 빠져나왔다'는 말이 있다. 어둠이 있을 거라는 생각도 없이 들어간 삶의 질곡.

살다보면 누구에게도 어둠의 입구와 출구가 있다. 질주할 수밖에

●

없거나 입구인지도 모르고 들어와 한 점으로 사라지는 빛을 바라보며 자신이 어디에 있는지조차 모르게 깜깜한 적도 있다.

어떤 터널의 입구나 출구도 어둠을 껴안지 않은 것은 없다. 출구를 바라보며 나온 사람은 희망적이었을 것이고 정신없이 어둠을 헤치고 빠져나온 뒤 출구를 바라본 사람은 마디가 굵은 과거가 하나 더 남는다.

터널과 기차가 서로를 밀어내어 터널의 출구가 한 점 빛으로 사라질 즈음 나도 터널을 잊을 수 있다. 조금 지나 큰 산의 윤곽만 보이므로. 기차가 터널을 뚫고 나왔다는 것을 생각하니 땅강아지 한 마리가 흙 속을 드나드는 것처럼 가볍게 느껴진다. 철길이 아득해지고 꼬부라져 안 보이면 우리의 기억도 그렇게 숨을 것이다.

'다음 역은 추전역'이란 방송이 나오면서 해가 내려앉기 시작한다. 반들반들하던 철길이 무광택이 되고 빛이 죽은 초록도 반짝이지 않는다. 작기도 해라. 석탄을 실은 수레가 전시용으로 진열된 사북역을 지나 소박한 마을 하나를 지날 때 알겠다. 소박한 내 자리가 괜찮은 자리임을.

또 터널이다. 한참 만에 빠져나와보니 이번엔 큰 산의 중심을 뚫고 빠져나온 것이 대견하다. 어둠과 철로의 아우성과 유리창 안에 있는 흐릿한 내 모습은 터널 덕분에 함백산을 용케도 지나간다.

카페 칸으로 돌아온다. 종이컵에 커피를 붓고 밖을 보니 유리창이 어둠과 밝음 안에 나를 섞어놓는다. 잔을 들어 기차에 건배한다. 유리창 너머에서도 건배를 한다.

　내 발은 이렇게 가볍게 쉬는데 나는 분명 여행을 하고 있다.

●

브라 이야기

후다닥 시원하게. 집에 오면 무엇이든 내려놓거나 바꾼다.

나가기 위해 준비할 때보다 속도가 빠르다. 구두, 가방, 윗옷, 다음에 오는 급한 것, 브래지어를 벗는 일이다. 이만큼 시원한 게 있을까. 답답한 줄 모르고 있다가 갑자기 답답해진 건 집이라는 장소 때문일 것이다.

무엇이 구속했단 말인가. 브래지어를 꼭 착용해야 한다는 법이 있는 것도 아닌데 언제나 입고 나간다. 집안에서는 남편 아닌 누구라도 있으면 갖춰야 떳떳하다. 애초의 코르셋은 드러냄과 모양새를 위해서지만 손수건 두 장으로 시작한 브래지어는 멋과 함께 가리고 보호하기 위한 이유가 크다.

브래지어에는 일상과 은밀함과의 차이에서 이율배반적인 정서가 있다. 일상에선 무장과 해방감을, 포장된 모습과 본모습의 차이를, 은밀하게는 유혹적 매력의 발산과 젖을 먹였다는 몸의 추억을 들춰

주는 역할을 하고 상황에 따라 섹시함과 부끄러움이 원칙 없이 오가게도 한다.

여자의 유방이 2개로 부족하다는 귄터 그라스는 이분법의 사고방식을 넘기 위해 제3의 유방이 필요하다며 소설을 썼다. 세상의 많은 자식들은 엄마의 젖을 먹고 자랐는데 남성이 유독 두 개의 유방을 그리워하고 흠칫 눈길돌리는 본능이 있는 걸 보면 풍족하게 3개의 유방도 괜찮으리라. 그런데 벌써 나의 고정관념이 걸고넘어진다. 브래지어의 컵이 3개라고 생각하니 좀 이상하다.

얼마 전 신호등 앞에서 고개를 인도 쪽으로 돌렸다가 행거에 팬티와 브라가 걸려 있는 걸 보았다. 왜 이 뙤약볕에…. 얄궂은 생각이 들었다. 주인은 에어컨이 켜진 그 가게 안에 있으리라.

마트에 가면 겹겹이 걸린 속옷도 보고 TV 홈쇼핑에서는 속옷만 입고 서 있는 마네킹을 보며 세밀한 설명까지 듣는다. 흔하디흔한 일상인데…, 횡단보도 옆 인도에 있는 그 장면이 마뜩찮은 이유가 뭘까. 골목시장에서나 시골장터에 쌓인 속옷이 괜찮았던 이유는 뭘까.

속옷이라는 명칭이 주는 은유를 무시하고 함부로 다루어서일까. 장소에 안 맞게 드러난 민망함 때문일까.

〈더 브라〉라는 영화가 있다. 말소리는 없고 기차와 호루라기 소리가 전부다. 철길을 뛰어다니며 꼬마가 호루라기 불면 사람들은 철길과 바짝 붙은 집으로 들어가고 여자들은 빨래를 급히 걷어간다. 어느 날 주인공 눌란은 기차에 걸린 하늘색 브래지어를 소중하게 가방에

넣은 다음 마을 여자들을 찾아다닌다.

반응은 다양하다. 성희롱으로 보고 상대도 안 하는 여자, 브래지어를 건네는 남자에게 노골적으로 끼를 부리는 여자, 브래지어에 욕심을 내는 여자가 있다. 주인을 찾기 힘들자 아예 브래지어 장사를 하며 눈치를 살피지만 동네 남자들에게 수상한 남자로 몰려 철길에 묶인다. 호루라기를 불던 꼬마가 아슬아슬 사슬을 끊어놓자 놀란 꼬마를 밖으로 밀치고 자신은 철길에 바짝 눕는다. 기차가 지나간다.

두 사람은 혼이 빠진 듯 철길을 걷다가 빨랫줄에 하늘색 팬티가 걸려 있는 것을 본다. 갖고 다니던 브라를 꺼내 팬티 옆에 집게로 눌러놓는다. 서로를 흐뭇하게 바라보며 집으로 향하는 두 사람의 어깨 위로 위로가 흐른다.

한 여자의 소중한 브래지어를 돌려주고 싶었는지, 그 예쁜 브라의 주인이 누굴까 알고 싶었는지, 짜릿한 상상 때문이었는지 알 수 없지만 이 영화를 나는 순연한 아름다움으로 바라보았다.

어떻게 보여주고 있는가와 내가 어떻게 보는가의 상충된 문제는 어디에나 있다. 약간의 느낌 때문에 마음이 상하고 흥이 살아난다. 브래지어를 입을 때와 벗을 때의 느낌이 다르듯. 아니면 고정관념의 촌스러움일 수도 있고 그 상황에서 내가 예민했을 수도 있다. 영화〈더 브라〉를 그렇게 아름답게 감상해놓고 길거리의 브라를 왜 불편하게 보았는지 조금 더 편한 맘으로 생각해볼 참이다.

노천탕에서

　바람소리와 찰랑대는 작은 너울. 노천탕에는 따뜻함과 시원함 이중의 감각이 산다. 비가 오고 사람도 없으니 나에게는 행운이 모조리 온 셈이다. 어스름 땅거미까지.

　탕에 빗방울이 내리면 비는 압정 하나 누운 것처럼 뾰족 입을 내밀다가 형체를 거두고 온천탕 물이 된다. 불순물이 되었는지 한몸이 됐는지는 모르겠다. 압정처럼 날카롭게 마주쳤다가 사라져버리는 그 모양새가 볼수록 귀엽다. 이내 사라진 물방울을 보며, 빗물이란 떨어진 자리에서 스며들거나 흐르거나 무언가와 하나가 되는 것이란 생각에 우리도 낳아진 자리에서 자라고 어디론가 흘러가는 것인가 싶다.

　노천탕 가의 머윗대는 꼿꼿하다. 큰 잎사귀는 숙이고 있거나 반으로 접고 주억댄다. 풀들은 체면도 없이 흔들리고 비자나무, 자작나무, 편백나무는 바람이 불 때마다 자랑하듯 움직인다. '흔들릴 때 네 성질이 다 드러날 거다'라며 바람이 지나간다. 비자나무는 어슬렁어

슬렁 의연하다. 편백나무는 그 정도 바람 내가 다 알고 있다는 식으로 태연하다. 그래도 태풍이지 않느냐는 바람의 말에 내가 그걸 이겨내며 살아왔다는 식이다. 자작나무는 다리가 시려보이고 파닥거리는 잎이 안쓰러워 보여도 맘은 단단한가보다. 태생이 강하니라 하며 버틴다. 잔가지 너울너울 춤출 때 잎사귀는 제 친구들 둘러보며 언제 엎치락뒤치락 해보겠냐는 장난기가 가득하다.

이 시간에 다들 뭘 할까. 나는 노천탕에서 바람의 이야기와 나무의 성질머리와 빗방울에 대해 소곤거리는데…. 나 외의 사람들의 시간이 궁금하다. 미안하기도 하다.

삶은 종종 지쳐 있지 않은가. 지친 채 흘러가고 그래서 나는 시간을 따로 잘라내고 또 그것마저 잘게 쪼개서 여행이란 바구니를 타고 공중을 떠다닌다.

사람이 시간이다. 내 몸에 저장된 고농축 과거는 지금 이 순간 조금씩 번져나와 무언가를 느끼는 일에 끼어드는 것일 게다. 목욕의 추억으로도 어쩌면 어루만질 것이 여러 개 있을 수 있다는 생각을 해본다. 이렇게 온천을 즐기는 과정이 그냥 온 것 같지는 않다. 나름의 성장과정과 치열함과 권태기와 안정기를 거치고 이제 위안기(내 나름 지어본다면)까지 왔고 그것이 지금 이곳, 온천물에 흘러들어온 것이다.

어릴 적엔 버스를 타고 한참을 멀리 가면 유성온천이 있었다. 엄마가 데리고 가는 이 목욕은 전쟁터였다. 생존경쟁에서 대처하는 나의 성향이 영 내 맘에 들지 않는다는 것을 파악했던 시기다. 입장부터 정신이 없었다. 한 사람이 여럿을 데리고 가는 집은 우리뿐이 아니었으니까, 계산이 끝나고 "따라와"라는 엄마의 등을 따라가 옷장 앞에 서서 모두 함께 옷을 벗었다. 벗은 옷더미는 수북했다. 이虱가 이 솔기에서 저 솔기로 옮겨가기도 좋게 뭉쳐 넣어버리는 옷장이었다.

목욕탕 문을 열고 들어서면 귀가 멍멍했다. 물소리 사람 소리가 엉겨 웅웅거렸고 시야까지 뿌연하여 눈도 정신을 못 차렸다. 더듬더듬 사람들 다리 사이로 위험을 넘어서 갔다. 엉덩이 하나 붙일만 한 자리가 있어 들이밀면 옆 사람은 본인이 불편해서 조금씩 엉덩이를 움직여주는 방식으로 자리가 나곤 했다.

그런데 거기서 성격이 나왔다. 무조건 들어가 앉고봐야 자리가 나는데 나는 우두커니 서 있거나 아니면 한 바퀴를 다 돌아도 들어갈 자리를 찾지 못했다. 엄마가 불렀다. 이제 통을 하나 얻는 일이 남았다. 한 사람당 하나씩 가질 형편도 안 되는데 가끔 여러 개를 놓고 있는 사람이 있었다. 쭈뼛거리며 집어들다가 놀라버린 내 어린 마음. 어느 것 하나 함부로 가져올 수가 없어서 통 하나로 여럿이 쓸 수밖에 없었다. 용기나 적극성이 부족해서 차라리 뭔가가 없는 게 나았지 무안한 상태를 만들고 싶지 않았다.

수증기 사이로 앞이 보이기 시작할 때면 얼굴은 벌겋게 익고 밀어낸 때는 지우개 가루처럼 굵직하게 떨어졌다. 엄마는 우리의 나이도 잊은 채 뜨거운 물을 휙 등에 부어 우리를 놀라게 했다. "앗, 뜨거워~!" "뭐가 뜨거워"였다. 유성온천에서의 목욕은 아우성 그 자체였다.

●

목욕이 끝나면 힘이 쏙 빠져 간신히 버스를 타고 집에 왔다. 그리고 설탕물을 한 컵씩 마시곤 했다.

그런 목욕이 지나자 즐기는 목욕의 시대가 왔다. 주말에 시간이 나거나 데이트가 예정되어 있으면 동네 목욕탕에 다녀왔다. 피부는 윤기가 나도록 반질거렸고 마음가짐도 달라졌다. 이때는 비록 탕 안의 뜬 허연 부유물을 주인아주머니가 뜰채로 건져내는 시기였어도 그런대로 자리도 찾고 통도 얻어 알뜰한 목욕을 했다.

결혼 후 목욕은 나에겐 작은 매듭을 짓는, 기쁘거나 화가 나거나 극히 피곤한 일을 매듭짓는 일이었다. 맘을 다스리기 위할 때 효과가 있었다. 화가 날 때마다 미용실에 간다면 남아날 머리칼이 없을 것이고 백화점에 간다면 '집 장만은 어쩌고' 하는 결의에 찬 시대였다. 친구를 불러내 만나러 가는 사이 내 우울 상태가 변형돼 가는 것을 보는 것도 이상했고 전화를 걸어 누군가에게 나와 다른 감정의 시간을 뺏는 일도 미안했고 알량한 자존심도 머뭇거리게 했다. 이 성격은 어른들이 곧잘 말하는 '어딜 가도 밥은 안 굶은 성격'이 아니고 '어딜 가도 밥 굶을 성격'이었다.

그래서 나는 목욕탕이 좋았다. 혼자 물을 끼얹고 때를 밀며 박자에 맞춰 호흡을 하면 굴곡진 생각들이 평평해졌다. 누구의 감정도 건드리지 않고 나만 문질러 힘들게 한 일들을 밀어내는 일, 목욕이 맞았다.

이젠 큰 것을 터득하고 살아가는 셈이다. '밑져야 본전인데 물어나 볼까' 하는 지혜를 얻었다. 공손하다면 누가 화를 낼까. 게다가 다행히 세상의 목욕탕은 많아졌고, 넓어졌고, 생존의 법칙을 세우지 않아도 될 만큼 휴양시설로 변했으니 긴장 없이도 흡족한 시대가 왔다.

이렇게 따끈한 노천탕에 앉아 빗방울과 찬바람을 조우하니 '여기까지 왔구나' 싶어 맘도 뜨거워졌다. 센 바람에 견디는 나무들의 기억처럼 당당하게, 성향이 달라도 다 살아낼 수 있다는 믿음을 갖는다. 지금 이곳에 앉아 있는 것은 기억의 어떤 순간들이 지금 이 순간을 잘 데워주어서일 것이다.

시간 속에서 훑어낸 온천의 기억을 더듬고 있자니 센 비바람은 따스함과 시원함을 섞어 마사지해주고 있다. 천국이 따로 없다.

압정처럼 뾰족하게 바닥을 치고 일어나는 빗방울이 귀엽다.

말하고 싶은 것과 말하고 싶지 않은 것

지은이_ 권현옥
펴낸이_ 조현석
펴낸곳_ 북인
디자인_ 푸른영토

1판 1쇄_ 2022년 10월 20일

출판등록번호_ 313 - 2004 - 000111
주소_ 121 - 842 서울 마포구 서교동 460-34. 501호
전화_ 02 - 323 - 7767
팩스_ 02 - 323 - 7845

ISBN 979-11-6512-061-0　03810